Das Märchenbuch

Thomas Seidl

Das Märchenbuch

Es war einmal …

Bibliografische Information der Deutschen Nationalbibliothek
Die Deutsche Nationalbibliothek verzeichnet diese Publikation
in der Deutschen Nationalbibliografie; detaillierte bibliografische
Daten sind im Internet über http://dnb.d-nb.de abrufbar.

© 2013 Thomas Seidl
Illustrationen: Georg Zitzmann
Umschlagdesign, Satz, Herstellung und Verlag:
BoD - Books on Demand
ISBN 978-3-7322-2658-0

Inhalt

Der Bettler und der König

Es war einmal ein alter Bettler, der im Land umherzog. Außer seinem zerlumpten Gewand, das ganz zerrissen und schäbig aussah, besaß er nicht viel. Ein Hut bedeckte seinen Kopf und war sein ganzer Stolz. So wanderte er, einen Spazierstock aus Holz in der Hand, durch das Land.

Eines Tages kam er in ein Königreich mit einem riesigen Schloss, das wirklich sehr beeindruckend aussah. Der Bettler dachte, dass es ihm in diesem Land doch gut gehen müsse, denn wenn es dort ein so prunkvolles Schloss gab, dann würde es dem König dieses Reiches und seinen Untertanen wohl an nichts fehlen.

Als der Bettler in die Stadt mit dem großen Schloss kam, erschrak er sehr, denn den Untertanen ging es gar nicht gut. Er schlich durch die Straßen, und an jeder Ecke erblickte er traurige Gesichter. Die Untertanen mussten hart arbeiten, das erkannte er daran, dass die Stadtwachen Befehle erteilten, was zu tun war. Überall aber fehlte es an Essen und einer guten Unterkunft. Die Häuser hatten Löcher in den Dächern, und alles schien sehr verwahrlost zu sein. Der Tonfall der Stadtwachen war herrisch und böse. Die Untertanen wurden also als Arbeiter benutzt, damit der König in seinem prunkvollen Schloss leben konnte und es ihm an nichts fehlte.

Voller Bitterkeit spazierte der Bettler zum Schloss hinauf und wollte den König sprechen.

Doch die Wache am Tor hielt ihn auf. »Halt, wo lang?«

»Ich möchte eine Audienz beim König!«, antwortete der Bettler.

Die Wache lachte nur. »So ein zerlumpter Bettler wie du wird nie eine Audienz beim König bekommen! Also verschwinde, bevor ich dich noch einsperren lasse!«

Der Bettler schlurfte von dannen, versprach aber, so lange jeden Tag wieder vor dem Schloss zu erscheinen, bis er eine Audienz beim König erhalte.

Der Bettler hielt Wort und stand am nächsten Tage wie angekündigt wieder vor dem Tor. Aber die Wache ließ ihn nicht passieren.

So vergingen viele Wochen. Jeden Tag stand der Bettler vor dem Schloss, doch eine Audienz beim König erhielt er nie.

Eines Tages fand das traditionelle Schlossfest statt, an dem auch das gemeine Volk teilnehmen durfte. Auch an diesem Tag stand der Bettler vor dem Schlosstor und bat um eine Audienz, wurde aber wie jedes Mal abgewiesen.

In diesem Augenblick trat der König aus dem Schloss, um zum Fest zu schreiten.

Der Bettler nutzte die Chance und klammerte sich an des Königs Füße. »Herr König, Euren Untertanen geht es sehr schlecht! Ich bitte darum, gebt ihnen Speis und Trank und helft ihnen, ihre Unterkünfte winterfest zu machen, damit niemand erfrieren muss!«

Der König schüttelte ihn unwillig ab und wandte sich an eine Wache. »Wer ist dieser heruntergekommene, alte Mann, der es wagt, den König anzusprechen?«

»Dies ist nur ein lausiger Bettler, der schon seit Wochen jeden Tag vor dem Schlosstor steht und um eine Audienz bei Euch, mein Herr, bittet!«

Der König begann zu lachen. »So, so, du bittest also um eine Audienz bei deinem König? Du wagst es, in deiner kümmerlichen Aufmachung darum zu bitten? Da aber heute unser Schlossfest stattfindet, will ich gnädig sein und dir morgen eine Audienz bei mir gewähren!« Immer noch lachend zog der König weiter.

»Ich nehme Euch beim Wort, König!«, flüsterte der Bettler ihm nach.

Am nächsten Tage war es dann endlich so weit. Der Bettler zog wieder zum Schloss hinauf und hoffte, mit seinem Anliegen etwas für des Königs arme Untertanen bewirken zu können. Er wollte gerade das Schlosstor durchschreiten, als ihn die Wache anbrüllte.

»Halt! Wo lang?«

»Ich habe eine Audienz beim König«, antwortete der Bettler. »Lasst mich durch!«

Die Wache machte ein überhebliches Gesicht und grinste. »Du alter, zerlumpter Bettler! Dachtest du wirklich, der König würde dir eine Audienz gewähren? Dies war ein Scherz von ihm, und ich habe strikte Anweisungen, niemanden zu ihm vorzulassen!«

Da wurde der Bettler sehr wütend. »Sage deinem König, dass ich morgen wiederkommen und meine Audienz einfordern werde!«, rief er. »Sollte ich sie nicht erhalten, so wird es der König bitter bereuen!«

Aber die Wache lachte nur noch lauter. »Ha, ha, ha! Verschwinde jetzt, du alter Mann, und rede nicht so einen Unfug! Wenn du nochmals kommst, dann werfen wir dich in den Kerker!«

Am Abend berichtete die Wache dem König von diesem unglaublichen Vorfall. Der König befahl daraufhin, den Bettler sofort zu verhaften, sollte er noch einmal erscheinen, denn er dulde keine aufmüpfigen Menschen.

Der nächste Morgen brach an, und der Bettler zog wieder zum Schlosstor hinauf.

Die Wache brüllte: »Halt, hiermit bist du verhaftet!«

»Ich will doch nur meine Audienz beim König einfordern!«

»Nichts da, du Unruhestifter!«, antwortete die Wache unwirsch. »Jetzt kommst du in den Kerker, und auf deine Audienz beim König kannst du für alle Zeit warten!«

Der Bettler seufzte tief. »So soll es also sein!«

Im gleichen Augenblick hob der Bettler seine Arme und streifte seine alten, zerlumpten Kleider ab. Darunter trug er ein strahlend weißes Gewand, das die Wache furchtbar blendete. Ein großer Sturm zog auf, und die Wolken wurden finster und verdichteten sich. Es begann so stark zu schneien, dass man die Hand vor den Augen nicht mehr sehen konnte. Die Temperaturen sanken ganz schnell weit unter den Gefrierpunkt, sodass alles sofort einfror. Häuser, Bäume und alle Menschen, die im Schloss und in der Stadt lebten, erstarrten zu Eis.

Auf einmal war alles still, und trotz der eisigen Kälte schneite es unaufhörlich weiter. So etwas hatte zuvor noch niemand erlebt oder gesehen.

Der Bettler, der dieser eisigen Kälte trotzte, schritt in seinem weißen Gewand ins Schloss hinein. Als er den Thronsaal betrat, saß der König im Warmen noch auf seinem Thron und war nicht eingefroren.

»Ich wollte eine Audienz bei Euch«, begann der Bettler, »doch ich bekam sie nicht. Jetzt zeige ich meine wahre Gestalt. Ihr, mein König, wart schlecht! Ihr ließet Euer Volk verhungern und erfrieren und lebtet selbst im Überfluss. So darf ein König nicht regieren! Ich gebe Euch ein Jahr Zeit, dann komme ich wieder und möchte eine Antwort auf die Frage: Warum solltet ausgerechnet Ihr König sein?«

Die Zeit verging und hinterließ auch beim König ihre Spuren. Alles Schöne, was er besaß, war eingefroren, und auch er selbst sah nur mehr wie ein armer Bettler aus. Seine Kleider waren zerrissen, sein Bart war lang und ungepflegt, und seine Haare waren zerzaust. Er hatte keine Diener mehr, die ihn bedienten, und auch keine Untertanen mehr, die dafür sorgten, dass er alles bekam, was er zum Leben brauchte. Das Eis nützte er zum Trinken, und als Nahrung dienten ihm Nüsse, die er mit Eisblöcken aufschlug. Das war nicht mehr das schöne Leben, welches er gewohnt war.

Nach einem Jahr kam der Bettler wieder ins Schloss. »Mein König, welche Antwort habt Ihr für mich?«

Der König dachte nicht lange nach, hatte er doch ein ganzes Jahr Zeit zum Grübeln gehabt. »Ich entstamme einer adligen Blutlinie, die Jahrhunderte zurückreicht«, begann er, »und da ich edlen Geschlechtes bin, verdiene ich den Thron!«

Der Bettler hörte sich dies an und schüttelte den Kopf. »Ihr habt nichts gelernt, mein König! Darum gebe ich Euch ein weiteres Jahr, um nachzudenken, warum ausgerechnet Ihr König sein solltet!« Mit diesen Worten verschwand der Bettler wieder und ließ den König ein weiteres Jahr in seinem zugefrorenen Schloss zurück.

Nach einem Jahr kam er wieder und fragte abermals: »Mein König, welche Antwort habt Ihr für mich?«

»Ich will mich bemühen, dass mein Königreich wieder blüht und dass es mir und meinen Untertanen gut geht!«

»Mein König, Ihr seid auf dem richtigen Weg«, meinte der Bettler, »aber Ihr habt immer noch nicht verstanden, was einen König ausmacht! Ich gebe Euch ein weiteres Jahr zum Nachdenken.« So schnell wie er gekommen war, verschwand der Bettler und ließ den König verwirrt für ein weiteres Jahr zurück.

Der König dachte nach. Welche Antwort erwartete der Alte nur? Ich will doch alles tun, damit es meinen Untertanen gut geht. Dies werde ich ihm sagen, mehr ist mir nicht mehr möglich.

Ein weiteres Jahr verging, und der Bettler kam zurück. »Mein König, welche Antwort habt Ihr für mich?«

»Ich habe lange nachgedacht«, antwortete der König leise. »Alles, was ich tun kann, ist zu sehen, dass es meinen Untertanen gut geht und wir das Königreich wieder in ein blühendes Land verwandeln können und die Menschen, die darin leben, weder hungern noch frieren müssen.«

Der Bettler hörte aufmerksam zu. »Gut so, mein König!«, sagte er, hob seine Arme, und in diesem Moment war alles wieder so, wie es einmal war. Dann wandte er sich dem Ausgang zu.

»Halt!«, rief ihm der König nach. »Eine Frage noch: Wer bitte seid Ihr?«

Der Bettler blieb stehen und sprach ganz langsam. »Ich bin die Vernunft, die in uns allen steckt! Bleibt auf diesem Weg, König, den Ihr mir versprochen habt, und Ihr werdet für immer ein guter und zufriedener König sein!«

Und so kam es auch. Das Königreich blühte wieder auf, und das Volk bewunderte seinen guten und gerechten König, der dafür sorgte, dass es niemandem in seinem Land an etwas fehlte. Und wenn er nicht gestorben ist, dann regiert er auch noch heute.

Der Glücksbaum

Es war einmal in einem weit entfernten Königreich, dessen Bewohner alle glücklich waren, denn in ihrer Hauptstadt stand eine mehrere Meter hohe Eiche, so dick und stramm, wie man es zuvor noch nie gesehen hatte. Jeder Bürger, der zu ihr ging und sie berührte, hatte Glück. Man nannte die Eiche deswegen auch »Glücksbaum«.

Je mehr Menschen aber von diesem Baum hörten, desto mehr von ihnen pilgerten zur Stadt, um den Baum zu berühren und um Glück zu bitten. So kam es eines Tages, dass so viele Menschen in der Stadt waren, dass man in den großen Straßen nicht mehr gehen konnte, da kein Platz mehr vorhanden war. Um den Baum hatte sich eine große Menschentraube gebildet; alle flehten um Glück. Die Menschen baten um eine gute Ernte und bekamen sie auch, der Wirt bat um eine gute Zeche und bekam sie. Alle Menschen erhielten das, was sie brauchten, und waren glücklich.

Eines Tages aber halfen all die Bitten und das Flehen nicht mehr. Der Baum schien seine Kraft verloren zu haben und brachte plötzlich kein Glück mehr. Die Ernte blieb aus, und die Menschen wandten sich von der Stadt ab. Der Wirt hatte weniger Zeche, und das Vieh brachte nicht mehr das gewünschte Maß an Fleisch. Die Menschen wurden wütend und waren über den Baum erzürnt. Einige wollten ihn sogar anzünden, aber die Stadtwache verhinderte dies.

Nur ein Junge kam noch jeden Tag zu diesem Baum und berührte ihn. Jeden Tag bat er um das Wohl seines Vaters, der sehr krank zuhause lag. Tage und Wochen vergingen, und der Junge kam noch immer jeden Tag zu diesem Baum.

Die Menschen, die ihn dort sahen, hielten den Jungen schon für verrückt, denn alle wussten, dass der Baum kein Glück mehr brachte.

Als der Junge eines Tages wieder vor dem Baum saß, um für die Genesung seines Vaters zu bitten, sprach ihn eine alte Frau an: »Mein Junge, was machst du da? Der Baum bringt kein Glück mehr, geh nach Hause!«

Der Junge schüttelte den Kopf. »Nein, dieser Baum ist etwas Besonderes. Ich weiß es, und nur weil keiner mehr daran glaubt, muss ich das nicht auch machen. Ich glaube daran und werde so lange wiederkommen, bis es meinem Vater wieder besser geht!«

Die alte Frau schaute ganz verdutzt und ging.

Der Junge kam jeden Tag wieder und brachte seine Bitte vor.

Den Menschen in der Stadt ging es immer schlechter. Die Ernte blieb aus, und sie hatten fast nichts mehr zu essen. Die Taler fehlten auch, um das Nötigste zu kaufen, und so suchten sie einen Schuldigen.

Der Wirt war verärgert. »Ich habe kaum noch Gäste, irgendjemand muss schuld sein!«

Der Schweinebauer schimpfte: »Genau! Meine Schweine haben kaum noch Gewicht, das kann nicht mit rechten Dingen zugehen!«

Der Schuldige war bald gefunden: der Junge, der noch jeden Tag zum Baum kam.

Die Menschen murrten: »Dieser Junge glaubt an einen Baum, der jetzt nur mehr Pech bringt! Dies ist kein Glücksbaum, dies ist ein Pechbaum!«

Doch die Menschen konnten den Baum nicht niederbrennen, denn der König hatte es verboten und unter Strafe gestellt. Die Leute tuschelten, der Junge hätte mit dem Baum einen heimlichen Pakt geschlossen und so das Pech über die Stadt gebracht. All das war dem Jungen einerlei, er wollte nur, dass sein Vater wieder genas, denn sollte sein Vater sterben, wer könnte sie noch ernähren? Er hatte doch noch zwei Schwestern, und er konnte sich ja nicht einmal selbst durchbringen, wie sollte er dies bei seinen Schwestern schaffen? Ginge sein Vater in den Himmel, müssten sie alle verhungern, denn drei Kinder ohne Eltern konnten schwer überleben. Und so ging er weiterhin Tag für Tag zum Baum, bat ihn um Hilfe und kam erst am Abend wieder zu seinem Vater zurück.

Doch der Vater wurde immer schwächer und schwächer. Das Aufstehen fiel ihm immer schwerer, und sein Husten und Keuchen wurden immer schlimmer.

Der Junge wurde wütend, lief zum Baum und schrie: »Warum? Warum? Früher hast du immer Glück gebracht und jetzt, wo ich dich brauche, hilfst du mir nicht! Warum?« Der Junge schrie so laut, dass dies alle Menschen, die in der Stadt unterwegs waren, hörten.

»Jetzt hat er es auch begriffen, dass der Baum nur mehr Pech bringt!«, sagte einer von ihnen.

In diesem Augenblick kam seine Schwester zum Baum: »Komm schnell, Vater geht es ganz schlecht!«

Der Junge und seine Schwester liefen, so schnell sie konnten, nach Hause. Als sie aber ihren kreidebleichen Vater erblickten, wurden sie traurig. Bald würde Vater jeden Moment seine Reise in den Himmel antreten.

»Ich kann nichts mehr für unseren Vater tun!«, sagte der Junge.

Mit Tränen in den Augen lief er zum Baum zurück und schrie ihn abermals an: »Das ist es also, was du wolltest? Ich glaubte als Einziger noch an dich, und du? Was machst du? Du hilfst mir nicht!« So haderte und weinte der Junge noch lange, bis ihm plötzlich ein Mann auf die Schulter klopfte.

»Warum schreist du diesen Baum so an?«

Der Junge wischte sich die Tränen aus dem Gesicht. »Dieser Baum schickt meinen Vater in den Himmel, doch ich will das nicht! Der Baum, der hilft mir nicht, er bringt nur Pech!«

»Glaubst du das wirklich, Junge?«, entgegnete der Mann. »Ich bin gerade in diese Stadt gekommen und bin Arzt. Bring mich zu deinem Vater, ich werde sehen, was ich für ihn tun kann!«

Gemeinsam gingen sie zu dem Kranken. Der Arzt verordnete ihm zum Schluss eine Medizin. »Junge, dein Vater braucht jetzt viel Schlaf und Erholung. Gib ihm jeden Tag einen Schluck von dieser Arznei, und nach einer Woche wird dein Vater wieder gesund sein.«

Und wirklich! Sein Vater erholte sich rasch und war nach kurzer Zeit auf dem Weg der Besserung. Der Junge und seine Schwester waren überglücklich und wollten zu dem Doktor laufen, um ihm zu danken, aber sie fanden ihn nirgendwo in der Stadt. Der Junge fragte die Menschen, wo der Arzt sei, erntete aber nur Kopfschütteln.

Bis er eine Frau traf, die im Königsschloss in der Küche arbeitete. »Im Schloss sprach man von einem Arzt, der in unsere Stadt gekommen sei, aber es war der falsche. Er wäre nur durch einen Sturm vom Weg abgekommen und habe sich in unsere Stadt verirrt. Der neue Arzt wird erst in einer Woche eintreffen, so wie es vorgesehen war.«

Der Junge war verwirrt und schlenderte durch die Straßen. Hatte der Baum doch eine besondere Gabe? Je länger er darüber nachdachte, umso mehr wurde ihm bewusst, dass die Krankheit des Vaters zwar Pech war, dass sich ein Arzt in die Stadt verirrt hatte, jedoch Glück. Er war zwar unter dem Baum gestanden, als der Doktor kam, aber beide Ereignisse hatten eigentlich nichts mit diesem Baum zu tun.

Plötzlich hörte er ein wütendes Geschrei: »Nieder mit dem Baum, dieser ist verhext und bringt nur Pech! Brennt ihn nieder, brennt ihn nieder, dann sind wir wieder zufriedener!«

Kurz bevor die aufgebrachten Menschen den Baum anzünden konnten, schlängelte sich der Junge durch die Menge und kletterte hurtig auf den Baum.

»Hört mir alle zu!«, rief er von einem Ast herunter. »Dieser Baum hat noch nie jemandem Glück gebracht, aber auch noch nie jemandem Pech! Denkt doch nach! Die Ernte war in den Jahren zuvor sehr gut, und die Leute hatten viele Taler und der Wirt somit eine gute Zeche. Sie konnten das überschüssige Essen verkaufen, und der Metzger hatte dickere Schweine, weil er mehr Futter hatte, um die Schweine zu füttern! Dieser Baum hatte noch nie besondere Fähigkeiten. Dass die Ernte früher reichlich ausfiel, war nur der Lauf der Natur, der immer wieder bergauf und bergab geht, aber der Baum gab jedem von uns Hoffnung und Zuversicht. Er half uns durch die schwierigen Zeiten. Der Glaube bewegt Berge und darum lasst diesen Baum in unserer Mitte stehen! Als Zeichen der Hoffnung und Zuversicht lasset uns jedes Jahr an diesem Tage ein Fest feiern, um diesen Augenblick nicht zu vergessen. Der Glaube, die Hoffnung und die Zuversicht stärken uns Menschen für eine bessere Zukunft, in der es sich lohnt zu leben.«

Die Menschen staunten, aber sie stimmten dem Jungen zu.

Ein Jahr später tanzten die Menschen fröhlich unter dem Baum, die drei Kinder und deren genesener Vater in der Mitte. Die Ernte war wieder besser, der Wirt bekam wieder mehr Zeche und die Leute waren wieder zufriedener. Seither feiern sie jedes Jahr das »Fest des Glücks«. Und wenn sie nicht gestorben sind, dann feiern sie noch heute.

Der Hüter des Waldes

Es war einmal eine Familie, die aus Vater, Mutter, einem Sohn und zwei Töchtern bestand. Sie wohnten nahe am Waldrand, und der Vater arbeitete hart für die Familie, damit sie immer genug zu essen und ein Dach über dem Kopf hatten.

Es war schon Herbst geworden, als der Vater seinen Sohn zu sich rief. »Mein Sohn«, sagte er, »wir müssen in den Wald zum Holzhacken gehen, damit wir genug Brennholz für den Winter haben.«

Der Sohn nickte, holte zwei Äxte aus der Kammer und gab eine davon dem Vater. So wanderten sie mit einem Karren tief in den Wald zu einer Stelle, wo die größten und besten Tannenbäume standen. Sie hackten den ganzen Tag und hatten kurz vor Anbruch der Dunkelheit fast den ganzen Wagen voller Holz.

»Vater, wir haben den Wagen fast voll! Lass uns nach Hause gehen, wir haben so viel Holz, dass es für diesen und den nächsten Winter reicht!«

»Nein, mein Sohn!« Der Vater schüttelte den Kopf. »Wir können nicht genug Holz für den Winter haben, lass uns weiter Holz hacken, damit wir einen großen Vorrat haben!« Er machte sich wieder ans Werk und hackte weiter Holz.

Widerwillig half ihm sein Sohn, als er plötzlich eine Stimme hörte: »So, ihr hackt mein Holz, es ist zu viel, wo ist euer Stolz? So viel von etwas, das ihr nicht braucht! Lasst dies sein, sonst treib ich euch den Wahnsinn aus, denn ihr habt dann zu viel Holz im Haus!« Der Junge vernahm diesen Satz und schaute sich um. »Vater, hast du das auch gehört?«

»Was soll ich gehört haben?«, brummte der. »Lass uns weiter Holz hacken, die Sonne wird bald untergehen!«

So hackten die zwei weiter Ast um Ast, als der Sohn wieder diese Stimme hörte: »So, ihr hackt mein Holz, es ist zu viel, wo ist euer Stolz? So viel von etwas, das ihr nicht braucht! Lasst dies sein, sonst treib ich euch den Wahnsinn aus, denn ihr habt dann zu viel Holz im Haus!«

Dieses Mal hörte auch der Vater die Stimme und sah sich um. Auf einem Baumstumpf erblickten die beiden einen kleinen Kobold. Er hatte einen grünen Hut auf und eine kleine Pfeife im Mund. Sein Bart war lang und schwarz, und er trug einen grünen Umhang und schwarze Holzschuhe.

»Wicht, was willst du denn von uns? Und wer bist du denn überhaupt?«, wollte der Vater wissen.

»Ich bin der Hüter des Waldes und schaue auf die Tiere und Pflanzen in meinem Reich, damit es ihnen gut geht.« Der kleine Kobold streckte die Brust heraus. »Ihr aber hackt viel zu viel Holz. Dies könnt ihr doch niemals verbrennen, und auch zum Überleben für diesen Winter ist es zu viel. Lasst das Holz hier, denn der Wald kann nicht mehr wachsen und gedeihen, wenn ihm alles weggenommen wird.« Dann machte es »Puff«, und der Kobold war verschwunden.

Vater und Sohn schüttelten verwundert den Kopf, dann zuckte der Vater die Achseln. »Komm«, meinte er, »wir haben für heute genug.« Nie hätte er zugegeben, dass ihm der kleine Wicht unheimlich war.

Sie beluden den Karren und machten sich auf den Heimweg. Die Nacht war hereingebrochen, und es wurde kalt. Zuhause legten sie die Reste des Brennholzes vom Vorjahr in den Ofen, damit die Familie ein warmes Zuhause hatte. So gemütlich warm im Hause konnten sie die Nacht gut verbringen.

Am nächsten Morgen holte der Vater wieder die Äxte aus der Kammer und sprach zum Sohn: »Komm, lass uns Holz hacken gehen. Wir brauchen noch mehr Brennholz für den nächsten Winter. Unsere Vorräte gehen bald zu Ende!«

Der Sohn aber erwiderte: »Weißt du nicht mehr, was uns der Kobold gestern angedroht hat? Es tut mir leid, Vater, aber wir haben mehr als genug Brennholz. Lass uns etwas anderes tun, wir brauchen nicht noch mehr Holz!«

»Du wirst doch so einem kleinen Wicht nicht Glauben schenken, oder? Was will er uns schon antun? Ich gehe jedenfalls Holz hacken und keiner wird mich davon abbringen!« So machte sich der Vater wieder mit dem Karren in den Wald auf, um Holz zu hacken.

Als er die Äste der am Vortag gefällten Bäume abschlug, hörte er wieder die Stimme des Kobolds: »So, so, du hast mich gestern wohl nicht verstanden! So sei es nun in deinen Landen, das Holz wird nicht mehr brennen, da hilft kein Fluchen und Rennen! Der Winter hart und eisig ist, so komm zu mir, wenn du die Einsicht siehst!«

Der Vater ließ sich davon nicht beeindrucken und hackte weiter sein Holz, bis der Karren wieder randvoll war. Zuhause angekommen, wollte er gerade dem Ofen neues Brennholz geben, als er merkte, dass gar kein Feuer darin flackerte. Verärgert rief er seinen Sohn. »Warum hast du kein Feuer gemacht? Es ist wirklich sehr kalt in der Hütte!«

»Vater, ich wollte ja, und zuerst brannte das Holz auch gut, aber zur Mittagsstunde ging das Feuer aus. Ich habe alles versucht, aber es brannte einfach nicht!«

Der Vater erschrak, denn genau zur Mittagsstunde hatte er heute den Kobold getroffen. Hatte dieser das Brennholz verflucht? »Hol deine Mutter und deine Schwestern, wir müssen diese Nacht ohne ein Feuer überstehen. Wir werden uns aneinander schmiegen und uns so wärmen.«

Am nächsten Morgen sprach seine Frau zu ihm: »Wir werden nicht noch eine Nacht ohne Feuer überstehen. Was sollen wir nur tun?«

»Überlass das nur mir«, antwortete der Vater. »Ich werde dafür Sorge tragen, dass wir diese Nacht wieder ein Holz haben, das auch brennt! Vertrau mir.«

So zog der Vater am nächsten Tage wieder in den Wald. Doch dieses Mal ohne seine Axt und seinen Karren. Als er tief im Walde war, rief er laut: »Hüter des Waldes, wo bist du?« Der Vater rief noch einige Mal, als es plötzlich »Puff« machte und der Kobold vor ihm stand.

»Du hast nach mir gerufen? Was ist dein Begehr?«

»Mein Holz brennt nicht mehr, und wenn ich es nicht schaffe, in dieser Nacht meine Hütte zu wärmen, muss meine Familie erfrieren! Ich bitte darum, dass du diesen Fluch von mir nimmst, ich werde auch alles tun, was du von mir verlangst!«

Der Kobold wiegte seinen Kopf und wackelte mit seinem Hütchen: »Eine Lektion sollst du bekommen, der Fluch wird aber von dir genommen! Danach wird hoffentlich die Einsicht kommen!« Dann machte es wieder »Puff«, und der Kobold war so schnell verschwunden, wie er gekommen war.

Der Vater wollte sich auf den Heimweg machen, in der Hoffnung, dass das Holz jetzt wieder brannte, doch als er sich bewegen wollte, waren seine Füße wie versteinert. Als er nach unten blickte, sah er, wie seine Füße sich mit dem Boden verwurzelten. Und plötzlich war er selbst ein Baum.

Zuhause versuchte sein Sohn derweilen, Feuer zu machen. Zur gleichen Zeit, als sich sein Vater in einen Baum verwandelte, brannte das Holz so gut wie nie zuvor. Die Familie war überglücklich, denn so konnten sie den harten Winter überstehen.

Doch am nächsten Morgen wich das Glück von ihnen, denn der Vater war nicht nach Hause zurückgekehrt. Die Mutter weinte, da sie sehr traurig war, aber auch sehr froh, dass es der restlichen Familie gut ging. Sie wusste, ihr Mann hatte etwas vollbracht, damit sie wieder ein warmes Zuhause hatten.

Die Jahre vergingen, und der Sohn wuchs zu einem jungen, kräftigen Mann heran, der es gelernt hatte, mit der Natur und dem Wald gut umzugehen. So hackte er immer nur so viel Holz, wie sie für den Winter benötigten. Oft dachte er an seinen Vater. Auch die Mutter tat dies.

Am zehnten Jahrestag kam plötzlich ein Mann aus dem Walde. Vater!

Sie waren überglücklich, und Mutter umarmte und küsste ihn. »Wir haben dich so vermisst!«

»Es tut mir leid«, murmelte der Vater und schlug seinem Sohn kräftig auf die Schulter. »Ich wusste nicht, was es heißt, Rücksicht zu nehmen. Bitte verzeiht mir.« Dann erzählte er die ganze Geschichte.

Alle verziehen ihm, und er selbst pflegte und hegte von Stund an den Wald. Er züchtete Bäume, gab den Tieren Nahrung und schaute immer wieder nach dem Rechten. Und wenn er nicht gestorben ist, dann beschützt er den Wald noch heute.

Die Drillingsprinzen und die kleine Prinzessin

*E*s war einmal ein König, der in einem längst vergessenen Königreich lebte. Der König und seine Königin liebten sich sehr, und so gebar die Königin einen Prinzen und dann noch einen und noch einen. Die Königin bekam also Drillinge.

Die Drillingsprinzen sahen sich ähnlich und doch waren sie sehr unterschiedlich. Als sie älter wurden, machte sich das bemerkbar. Der Erstgeborene war stur und hatte einen Dickschädel, und sein größter Wunsch war es, König zu werden. Der Zweitgeborene machte es ihm nach, doch kam er immer nur an zweiter Stelle. Er hatte nicht die Durchsetzungskraft seines Bruders, darum war er sehr oft wütend und lachte selten. Dem letztgeborenen Bruder war das alles gar nicht wichtig. Er lebte in den Tag hinein und freute sich über die kleinen Dinge des Lebens.

Die Drillingsprinzen wurden älter, und die Königin gebar nochmals ein Kind. Es war eine kleine Prinzessin, so wunderschön und lieblich, dass sich das ganze Land vor ihr verbeugte.

Aber auch die kleine Prinzessin wurde älter, so wie es der Lauf des Lebens ist. Im Alter von sechs Jahren hatte sie ein Lieblingsspielzeug. Es war ein Karussell, mit dem sie am liebsten spielte. Ohne die Musik des Karussells konnte sie abends einfach nicht einschlafen. Der jüngste der Drillingsprinzen spielte oft mit der kleinen Prinzessin, und sie war sein Ein und Alles. Die anderen beiden Brüder kümmerten sich nicht so sehr um ihre kleine Schwester, denn sie wollten das Königreich regieren und taten alles dafür, in der Gunst des Königs aufzusteigen.

Es war an einem Herbsttag, als die Drillingsprinzen und die kleine Prinzessin ausritten. Das taten sie alle sehr gerne. Für die beiden älteren Brüder war es eher eine Last, dass die kleine Prinzessin mit ihnen kam, nur der Jüngste freute sich stets auf diese Nachmittage, denn er liebte die Natur und zeigte der kleinen Prinzessin all die wunderschönen Dinge, die es dort zu entdecken gab.

Dieses Mal schlug die junge Prinzenschar mit ihrer Schwester im Wald einen anderen Weg ein. Nach einem langen Ritt standen sie plötzlich vor einer Höhle. Niemand von ihnen hatte diesen Höhleneingang jemals entdeckt.

Der jüngste Bruder sprach: »Lasst uns umkehren! Es ist unheimlich hier!«

Die kleine Prinzessin stimmte zu, nur die beiden älteren Brüder wollten unbedingt die Höhle erforschen, und so kam es, dass sich alle vier in die Höhle aufmachten.

Da es im Inneren stockfinster war, entzündeten sie eine Fackel. Eine solche hatten sie immer dabei, denn im Wald konnte es oft schnell dunkel werden. Immer tiefer und tiefer drangen sie in die Höhle ein. Die kleine Prinzessin hatte große Angst und schmiegte sich eng an den jüngsten Drillingsbruder, aber dieser zitterte ebenfalls. Die zwei älteren Brüder machten sich darüber lustig, als sie aber plötzlich ein lautes Geräusch hörten, zuckten auch sie zusammen.

»Lasst uns schnell umdrehen!«, flehte der jüngste der drei Prinzen, aber seine Brüder hörten nicht auf ihn und schlichen dem Geräusch nach.

Kurz darauf entdeckten die Prinzen und die kleine Prinzessin ein großes Feuer.

Davor stand eine alte Hexe, die mit rauer Stimme vor sich hin murmelte: »Drei Brüder sind nun da, drei Brüder stehen zur Wahl, eine kleine Prinzessin ist der Preis, drei Tage Zeit, dann sollt ihr alle Tiere sein.« Dann wurde ihre Stimme lauter. »Prinzessin, verwandle dich! Und ihr drei holt mir das, was ihr Herz nicht bricht. Derjenige, der es schafft, der soll belohnt sein und sein Herz ist rein. Darum hört genau hin! Was braucht die kleine Prinzessin?«

In diesem Moment verwandelte sich die kleine Prinzessin in ein Schaf und machte nur mehr »mäh«.

Die Drillingsprinzen erschraken sehr und wollten etwas dagegen tun, doch im gleichen Augenblick verschwanden die Hexe und das Schaf. Die Prinzen waren verwirrt. Was war geschehen? Eilig hasteten sie zum Ausgang. Da hörten sie nochmals die Stimme der Hexe.

»Denkt daran, drei Tage Zeit! Ich bin hier, wenn ihr wieder da seid. Bringt mir das, was die Prinzessin am meisten braucht. Derjenige, der reinen Herzens ist, weiß es jetzt schon. Und nun lauft!«

Wie der Wind ritten die Drillingsprinzen zum Schloss zurück. Sie liefen zum Thronsaal, wo der König schon auf sie wartete.

»Wo ist meine kleine Prinzessin?«, fragte der König.

Die Prinzen stammelten und erzählten ihrem Vater die ganze Geschichte.

Der König war sehr erzürnt. »Wer mir die Prinzessin als Erster wiederbringt, soll mein Nachfolger sein. Solltet ihr scheitern, so werdet ihr alle für immer aus dem Königreich verbannt!«

Der Älteste dachte, dass alle Menschen Gold bräuchten, darum wollte er der Hexe all sein Gold bringen und so die kleine Prinzessin retten. Gesagt, getan! Und so brach der Prinz mit einem Wagen, auf den er sein ganzes Gold geladen hatte, zu der Höhle der Hexe auf. Dort angekommen fuhr er ganz langsam in die Höhle hinein bis zu der Stelle, wo das Feuer noch immer brannte.

Die Hexe wartete schon. »Prinz, du hast mir etwas mitgebracht. Zeig mir, ob es das ist, was die Prinzessin braucht!«

Der Prinz deutete auf all das viele Gold und war überzeugt, das Richtige gebracht zu haben. »Hexe, ich bringe dir all mein Gold, denn Gold braucht jeder Mensch auf dieser Welt. Darum verwandle bitte die Prinzessin zurück, damit ich sie zu Vater bringen kann.«

Die Hexe aber krächzte: »Was soll die Prinzessin in dieser Lage mit all diesem Gold? Du hast das Falsche gebracht und nur an dich gedacht. So kann ich sie dir nicht übergeben! Ich hoffe, deine Brüder sind schlauer als du.«

Der Prinz war ganz verwirrt und irrte langsam dem Ausgang entgegen.

Der zweitälteste Bruder war ebenfalls schon unterwegs und hatte Säcke voll mit Edelsteinen auf seinen Wagen geladen. Vor der Höhle traf er seinen älteren Bruder und fragte: »Wie hast du es geschafft, so schnell hier zu sein?«

»Ich war schon immer schneller als du«, antwortete der Bruder. »Aber leider wollte die Hexe all mein Gold nicht haben!«

Darüber war der jüngere Bruder sehr froh. »Du hast nur Gold gebracht, aber ich habe alle Edelsteine des Landes bei mir! Sie sind viel mehr wert als all dein Gold! Das hättest du wissen müssen, mein Bruder!« Siegessicher zog er seinen Wagen mit all den Edelsteinen in die Höhle, doch kurze Zeit später kehrte auch er traurig zurück und meinte: »Was will sie nur? Auch all meine Edelsteine wollte sie nicht haben! Was soll eine Prinzessin mehr brauchen als Gold oder Edelsteine? Ich verstehe dies nicht!«

Der jüngste der drei Drillingsprinzen hatte sich mittlerweile auch schon auf den Weg zur Höhle gemacht. Am Eingang traf er seine beiden Brüder, die ihn erstaunt ansahen. »Du hast keinen Wagen dabei?«, fragten sie. »Nur dieses lächerliche Karussell? Jetzt können wir nie wieder zu Vater zurückkehren!«

Der Jüngste aber ließ sich nicht abschrecken und betrat die Höhle. Als er am Feuer ankam, wartete die Hexe schon.

»Prinz, du hast mir etwas mitgebracht. Zeig mir, ob es das ist, was die Prinzessin braucht!«

Der Prinz übergab der Hexe das Karussell und war ganz zuversichtlich. »Ich weiß, ich habe nichts Teures dabei. Ich habe nur ihr Lieblingsspielzeug, denn ohne dieses kann meine Schwester einfach nicht einschlafen. Aber Schlaf ist so wichtig, darum gib ihr bitte dieses Karussell, damit sie wenigstens am Abend einschlafen kann, auch wenn sie jetzt für immer ein Schaf bleibt!« Traurig wollte der Prinz gerade gehen, da hörte er auf einmal die Stimme der kleinen Prinzessin. Er drehte sich nochmals um und sah, wie ihm seine Schwester entgegenlief. Überglücklich schloss er sie in die Arme, und so verließen die beiden die Höhle.

Draußen am Eingang warteten die Brüder. Sie waren überrascht, als der Jüngste von ihnen mit der kleinen Prinzessin aus der Höhle kam, aber auch froh, dass sie jetzt zum Schloss zurückkehren konnten.

Der König war schon ganz unglücklich gewesen. Als er aber die kleine Prinzessin entdeckte, war er von Herzen froh. Er umarmte und küsste sein kleines Mädchen auf die Wange, denn die Prinzessin war sein kleiner Engel. Dann fragte er: »Wer von euch hat sie mir zurückgebracht?«

Der jüngste Prinz wollte gerade antworten, als ihm der älteste Bruder ins Wort fiel: »Ich, mein König!«

Gleich darauf rief der Zweitälteste laut: »Nein, ich war es mein König!« Und so begannen die beiden Brüder zu streiten.

Dem Jüngsten aber war dies eigentlich egal. Sollten das doch die älteren Brüder untereinander ausmachen, wer den Thron besteigen würde! Er selbst wollte gar nicht König werden und war nur froh, dass die kleine Prinzessin wieder zuhause war. Er wollte gerade den Thronsaal verlassen, als er plötzlich einen lauten Knall hörte, und – puff! – mit einem Mal waren seine beiden Brüder nicht mehr da. Stattdessen grunzte jetzt ein Schwein im Raum, und auf einem mit Gold verzierten Sessel saß ein Geier. Es schien, als würden die zwei Tiere gleich aufeinander losgehen.

Der König war außer sich. Was war passiert? »Warum haben sich deine Brüder verwandelt und du nicht?«, fragte er seinen jüngsten Sohn entrüstet. »Du hast die kleine Prinzessin ja nicht gerettet! Deine Brüder waren stark und für den Thron vorgesehen, nicht aber so ein Nichtsnutz wie du, der nur in den Tag hinein lebt. Also, sage mir, warum haben sie sich verwandelt?«

Der jüngste Königssohn erzählte dem Vater, was geschehen war, und die kleine Prinzessin nickte mit dem Kopf, aber der König schenkte den beiden keinen Glauben.

»Das ist alles Unfug«, schimpfte er. »Das habt ihr euch nur so ausgedacht! Welche Flausen hast du deiner Schwester in den Kopf gesetzt? Ich werde mich höchstpersönlich auf den Weg zur Hexe machen.«

Am nächsten Morgen ritt der König zu der Höhle. Als er am Feuer ankam, wartete die Hexe schon auf ihn.

»Was hast du meinen Söhnen angetan?«, fragte er böse.

Die Hexe kicherte. »Herr König, ich habe deine Drillingssöhne zu mir gelockt. Sie wussten dies nicht, aber es war vorherbestimmt. Es sollte eine Prüfung sein, denn nur ein König mit einem reinen Herzen, mit einem gütigen Wesen und einem edlen Verstand sollte auf dem Thron sitzen. Vergesst nicht, mein König, dafür tratet Ihr auch einmal ein.«

Der König dachte daran, wie er einmal war und was aus ihm geworden war. Da fiel ihm auf, dass sein jüngster Sohn genau so war wie er. Seine beiden älteren Söhne hingegen wollten nur Reichtum und Macht. Und so erwählte der König seinen jüngsten Sohn zum Nachfolger.

Dieser regierte sehr lange, und unter seiner Herrschaft gedieh und blühte das Land. Nach einigen Jahren bat er die Hexe, seine Brüder wieder in Menschen zu verwandeln. Sie nahmen sich Prinzessinnen aus einem fernen Land zur Frau. In seinem Reich aber lebten alle Menschen in Frieden und glücklich. Und wenn sie nicht gestorben sind, dann leben sie noch heute.

Der lesende Esel

Es war einmal ein Esel, der auf einem Bauernhof lebte. Er arbeitete jeden Tag sehr hart und war deswegen bei seinem Bauern sehr beliebt. Der Bauer nannte ihn deswegen oft »mein kleines Arbeitstier«, denn ohne ihn würde all die viele Arbeit auf dem Hofe viel länger dauern. Der Sohn des Bauern mochte den Esel auch sehr gerne; deswegen las er ihm jeden Abend eine Geschichte vor. Da die Bauersleute aber nicht viele Taler besaßen, hatten sie nur ein Buch, und darum wiederholten sich die Geschichten recht häufig. Dem Esel war das einerlei, denn er liebte die Geschichten und kannte bereits jede von ihnen auswendig. Der Bauernsohn ließ das Buch jeden Abend bei dem Esel im Stall liegen, und da der Esel die Geschichten so gerne mochte, versuchte er, diese selbst zu lesen. So lernte der Esel das Lesen.

Die Jahre vergingen, und es kam ein harter Winter. Der Esel arbeitete hart wie eh und je, doch an einem frühen Dezembertag verletzte er sich am Bein und musste seine Arbeit unterbrechen.

Der Bauer kam zum Esel und besah sich die Wunde. »Hm«, machte er und sprach zu seinem Weibe, das neben ihm stand: »Das sieht nicht gut aus. Mein kleines Arbeitstier wird nie wieder hart arbeiten können! Wir müssen uns einen neuen Esel besorgen, und bei diesem harten Winter bleibt uns leider nichts anderes übrig, als unseren geliebten Esel in den Himmel zu schicken.«

Des Bauern Weib war entsetzt, und als der Sohn davon hörte, fing er zu weinen an.

»Du weißt doch, dass es nur zu unserem Besten ist«, tröstete ihn der Bauer. »Morgen werden wir ihn in den Himmel schicken, dort wird es ihm gut gehen und es wird ihm an nichts fehlen. Sei nicht traurig, mein Sohn!«

Der Sohn lief in die Scheune, wo der Esel lag. »Es tut mir leid, mein Kleiner, ich kann dir keine Geschichten mehr vorlesen. Bitte, bitte, du musst all deine Kräfte sammeln und in der Nacht fortgehen. Suche dir ein neues Heim, dort wirst du es besser haben!«

Der Esel verstand, hatte er zuvor doch auch des Bauern Worte gehört und wusste, dass morgen sein letzter Tag auf Erden sein sollte.

Also machte sich der Esel noch in der Nacht auf den Weg, um ein neues Heim zu finden. Mit seinem verletzten Bein kam er aber nicht sehr weit, und so hielt er in einem Wald unter einem Baum Rast und ruhte sich aus. Plötzlich fiel ein harter Gegenstand auf seinen Kopf.

Der Esel erschrak und wusste nicht, wie ihm geschah. Ganz verwirrt sah er sich um. Neben ihm lag auf einmal ein Buch. Als er nach oben sah, bemerkte er eine Katze, die auf einem Ast saß und freundlich miaute.

»War das dein Buch?«, fragte er die Katze.

»Miau! Ja, tut mir leid, aber ich habe gerade versucht, etwas mit diesem Ding anzufangen, aber ich weiß nicht, wie dies vor sich geht. Und als es mir hinunterfiel, landete es genau auf deinem Kopf. Tut es noch weh?«

Der Esel schüttelte den Kopf. »Ia, ia, es geht schon wieder. Aber dieses Ding da ist ein Buch. Man kann darin lesen und dann erfährt man eine Geschichte!«

»Ach so«, meinte die Katze. »Ich habe so etwas zuvor noch nie gesehen, aber als mich mein Herr aussetzte, gab er mir dieses Ding da mit – miau – dieses Buch!«

Der Esel wurde neugierig. »Wenn dein Herr dir einfach so ein Buch mitgeben kann, dann muss er aber ein sehr wohlhabender Mann sein. Warum hat er dich ausgesetzt?«

»Das weiß ich leider auch nicht!«, meinte die Katze traurig.

»Lass mich dir aus diesem Buch vorlesen. Vielleicht steht etwas über deinen Herrn darin!«

Die Katze stimmte zu, und so las der Esel Seite um Seite. Bald erfuhren die beiden, wer des Kätzchens Herr war. Die Katze hatte selbst auch edle, königliche Vorfahren und war das Haustier eines reichen Königs gewesen. Leider wurde der König von seinem Berater vom Thron gestoßen und in den Himmel geschickt.

Damit der Katze nicht das gleiche Schicksal drohte, wurde sie von des Königs treuestem Diener ausgesetzt und dieser gab der Katze das Buch als Beweis ihrer königlichen Blutlinie mit. Sollte sie also eines Tages in das Königreich zurückkehren, hätte sie Anspruch auf des Königs Thron.

Der Esel war von dieser Geschichte begeistert. »Komm, Kätzchen, wir haben ein neues Zuhause. Ich werde dir helfen, dein Königreich wiederzufinden!«

»Wir?«, meinte die Katze, kratzte sich am Ohr und überlegte kurz. »Wenn du mir dabei hilfst, dann werde ich dir für immer einen Platz an meinem Hofe anbieten, und dir wird es nie wieder an etwas fehlen!« So zogen der hinkende Esel und das einsame Kätzchen los, um das Königreich zu suchen.

Tage und Wochen vergingen, doch sie wussten nicht, wo dieses Königreich lag. Da schon Jahre vergangen waren, seitdem die Katze ausgesetzt worden war, kannte sie den Weg dorthin auch nicht mehr. So durchstreiften sie weiter das Land, marschierten über Berge und Hügel und sahen viele fremde Landschaften. Nach einem Jahr ohne Erfolg und ohne Ahnung, in welche Richtung sie gehen sollten, um das Königreich zu finden, machten sie an einer Lichtung Rast.

Nach einem kurzen Schläfchen hörten sie ein lautes Gebell. Neugierig drehten sie ihre Köpfe. Auf der Wiese tollte ein Hund umher. Vorsichtig näherten sie sich ihm und sprachen ihn an: »Warum tollst du so herum?«

»Heute ist so ein schöner Tag, wuff! Und auf dieser Wiese spiele ich immer sehr gerne und tolle herum!«

»Hast du nichts Besseres zu tun, als nur so herumzurennen?«, wollte die Katze wissen. »Komm, Esel, lass uns weitergehen!«

Traurig antwortete Hund: »Nein, denn mein Herr ist schon lange nicht mehr am Leben, darum komme ich jeden Tag zu dieser Wiese, um wenigstens ein bisschen Freude zu haben. Die lasse ich mir nicht nehmen, auch wenn ich nicht mehr viel habe und ganz alleine bin! Aber was macht ihr zwei in einer so verlassenen Gegend?«

»Wir suchen ein Königreich«, erklärte der Esel. »Laut diesem Buch hier, das der Katze gehört, hat sie Anspruch auf einen Thron, und dort können wir für immer leben und es wird uns an nichts fehlen! Leider haben wir es noch nicht gefunden und haben auch keine Ahnung, welchen Weg wir gehen sollen!«

Der Hund kräuselte seine Schnauze und überlegte. »Ich habe eine sehr gute Spürnase, und wenn ihr mich am Buch schnüffeln lasst, kann ich euch helfen, das Königreich zu finden. Da mein Herrchen schon im Himmel ist, hält mich hier nichts mehr. Nehmt mich mit und lasst uns das Königreich finden.«

Die Katze und der Esel stimmten zu. Sie hielten dem Hund das Buch unter die Nase. Schnüffel, schnüffel – und schon hatte der Hund eine Spur, der sie dann auch folgten.

Nach ein paar Wochen und des langen Marsches schon sehr müde, fanden sie wirklich das Königreich und auch das Schloss. Am Stadttor angekommen, wollten sie dieses durchschreiten, doch die Wachen wollten die drei Tiere verscheuchen.

Mühsam versuchten die Tiere, ihre traurige Geschichte zu erzählen, aber da ja nur Tiere untereinander die Tiersprache verstehen, verstanden die Wachen nur »miau, miau« »ia, ia« und »wau, wau«. So kamen die drei nicht in die Stadt, denn alle ihre Laute, um auf das Buch aufmerksam zu machen, das ihnen helfen würde, zum Schloss zu kommen, hatten keinen Erfolg, da die Menschen sie nicht verstanden. So wurden sie dann endgültig verjagt und trotteten traurig davon.

Im Wald angekommen, hatte die Katze eine Idee. »Wir bauen einen Wagen, und der Hund und ich verkleiden uns als Menschen, und du, mein Esel, ziehst den Wagen in die Stadt.«

So sammelten die drei Holz und bastelten einen Wagen. Der sah zwar ein bisschen schäbig aus, aber er musste reichen. Dann huschten sie durch den Wald und stibitzten an einer kleinen Lichtung von ein paar Menschen, die dort in der Sonne rasteten, ein paar Dinge zum Anziehen. So verkleidet, saßen die Katze und der Hund auf dem Wagen, und der Esel zog diesen mühsam zum Stadttor.

Dieses Mal sagten die Wachen kein Wort, und so kamen sie in die Stadt hinein. Jetzt mussten sie nur noch eine Möglichkeit finden, zum König zu gelangen. Wie der Zufall es so wollte, hatten die drei Tiere Glück, denn der König spazierte gerade mit seinem Gefolge durch die Straßen.

Als der König die Katze erblickte, erschrak er fürchterlich. Er wusste, welche Katze dies war, und er erkannte das Buch. Der König hatte aber schon vor Jahren Vorkehrungen getroffen, dass niemand dieses Buch je lesen könne. Damals hatte er ein Gesetz erlassen, das jegliche Form des Schreibens verbot, und alle Bücher im Königreich wurden verbrannt. Dies hatte zur Folge, dass nach Jahren ohne Bücher niemand mehr lesen konnte.

Nach einem kurzen Schrecken hatte sich der König jedoch wieder gefasst, denn er wusste, dass niemand dieses Buch je lesen und so das Geheimnis der Katze lüften könne. Er tat, als hätte er nichts bemerkt, und spazierte einfach weiter.

Der Esel, der Hund und die Katze wollten einfach nur zum Schloss kommen, aber jetzt, wo sie es geschafft hatten, in die Stadt zu gelangen, waren sie planlos. Wie sollte es ihnen gelingen, die Menschen zu überzeugen, dass die Katze der rechtmäßige König war? Da sie aber so müde waren, legten sie sich in eine Scheune und schliefen ein.

Ein junger Bauernsohn, der gerade Heu holen wollte, entdeckte die drei Tiere und fragte erstaunt: »Ein Hund, eine Katze und ein Esel schlafen gemeinsam in meiner Scheune? Was ist denn hier los?«

»Wir ruhen uns nur kurz aus«, erklärte der Esel. »Dann ziehen wir weiter!«

»Bleibt so lange ihr wollt«, meinte der junge Bauer. »Wenn ihr Hunger habt, dann gebt Laut. Heu, Mäuse, Wasser und Küchenabfälle haben wir genug.«

Der junge Mann verstand sie? Die drei Tiere sahen sich erstaunt an. Und so kam es, dass sie ihre ganze Geschichte erzählten.

Der Bauernjunge setzte sich zu ihnen ins Heu. »Wenn dies so ist, dann werde ich euch helfen, dass die Katze ihren rechtmäßigen Thron erhält. Ich habe auch schon einen Plan.«

Am nächsten Morgen nahm der Bauernjunge die drei Tiere durch einen Hintereingang mit zum Schloss, denn an diesem Tage fand dort ein Ball statt, bei dem er in der Küche Kartoffeln schälen sollte. Als der Ball seinen Höhepunkt erreichte, betraten die drei Tiere das Tanzparkett. Alle Gäste waren erstaunt und dachten, der König hätte dies als Einlage geplant.

Die Katze überreichte dem König das Buch, doch die Tiere konnten nur ihre Laute von sich geben. Niemand verstand sie!

»Ein Esel, eine Katze und ein Hund überreichen mir ein Buch, so, so«, sprach der König. »Das steht unter Strafe, also müssen wir diese drei Tiere sofort einsperren und das Buch auf der Stelle verbrennen.« Der König war sichtlich erfreut, denn jetzt war er im Besitz des Buches, das ihm gefährlich werden konnte. Nun würde er es vernichten lassen, und niemand würde mehr um den wahren König wissen.

In diesem Augenblick aber lief der Hund mit voller Wucht gegen die Beine des Königs. Dem fiel das Buch aus der Hand, die Katze fing es auf und warf es dem Esel vor die Füße.

»Du kannst doch lesen, mein Esel!«, rief sie. »Miau! Also lies! Vielleicht verstehen sie dich ja!«

Und der Esel begann zu lesen, erst mit »ia, ia«, doch wie er so weiterlas, Seite um Seite, da wurde ihm klar, dass all die anwesenden Menschen ihn verstanden. Es musste an den Worten liegen, und so las er das ganze Buch von vorn bis zum Schluss vor und am Ende war noch eine Zeichnung im Buche.

Der Bauernjunge hatte alles mitbekommen, und wie er die Zeichnung so ansah, fiel ihm auf, dass ein großer Fleck auf dem Fell der Katze genauso aussah wie die Zeichnung im Buch. Es war die Abbildung des Königreiches. Alle Anwesenden hatten die ganze Geschichte gehört, und mit der letzten Zeichnung waren alle davon überzeugt, dass diese Geschichte wahr sein musste. Der unrechtmäßige König wurde daraufhin aus dem Königreich verbannt.

So kam es, dass die Katze ihren rechtmäßigen Thron erhielt, und sie verfügte, dass alle Menschen im Königreich wieder lesen und schreiben lernen durften und alle Bücher und Schriften wieder erlaubt waren. Der Esel wurde zum Sprachrohr der Katze, und so konnte sie sich mit ihrem Volk verständigen. Die Katze war ein gerechter und guter König, und der Esel und der Hund hatten für alle Zeit ein gemütliches Zuhause, und wenn sie nicht gestorben sind, dann leben sie noch heute.

Die schlaflose Prinzessin

*E*s war einmal eine Prinzessin in einem wunderschönen Königreich, die alles hatte, was sie sich wünschte. Sie besaß die prächtigsten Kleider und den schönsten Schmuck, aber all dies machte sie nicht glücklich, denn so sehr sie es auch versuchte, sie konnte in keiner Nacht Schlaf finden. Ihr Vater, der König, hatte schon alles versucht, er holte Mediziner von nah und fern, ließ die edelsten Kräuter kommen, doch niemand konnte der Prinzessin helfen.

So sang sie jede Nacht ein trauriges Schlaflied: »Warum kann ich nicht schlafen, so müde ich auch bin! Warum kann ich nicht schlafen, ich arme, arme Prinzessin!«

Der König hörte diese Worte Nacht für Nacht und wurde immer trauriger, da er seiner Tochter nicht helfen konnte.

Eines Tages, als die Prinzessin wieder ihr trauriges Schlaflied sang, ließ der König seinen Hauptmann rufen: »Hol mir meine drei besten Ritter und schicke sie aus. Sie sollen im ganzen Reiche nach etwas suchen, das meiner kleinen Prinzessin wieder ihren Schlaf bringt.«

Am nächsten Morgen ritten die drei Ritter los, einer von ihnen nach Westen, einer nach Osten, und der letzte ritt nordwärts.

Wochen und Monate vergingen, aber der König hörte nichts von seinen Rittern. Langsam verlor er die Hoffnung, dass sie etwas finden würden.

Eines Tages stürmte ein Diener zu früher Morgenstunde ins königliche Schlafzimmer und rief: »Ein Ritter ist zurückgekehrt, mein König!«

Der König sprang aus seinem Bett und lief in den Thronsaal, wo der Ritter schon wartete.

»Edler König, ich bin im ganzen Lande umhergereist, um etwas zu finden, was Eurer kleinen Prinzessin helfen könnte, und tatsächlich traf ich eine alte Frau, die tief in einem verschollenen Walde lebt. Sie gab mir eine Medizin, die der Prinzessin ihren verdienten Schlaf wiederbringen soll.«

Überglücklich gab der König dem Ritter eine Belohnung und nahm das Fläschchen an sich. Froh, seiner geliebten Prinzessin etwas gegen ihre Schlaflosigkeit geben zu können, eilte er mit dem Trank zu ihr.

Zufrieden legte er sich am Abend nieder, als er wieder die Stimme seiner Tochter vernahm: »Ich arme, arme Prinzessin habe genommen ein Fläschchen, das mir den Schlaf wiederbringe, doch ich singe wie jeden Abend zuvor.«

Diese Worte trieben dem König die Tränen in die Augen, denn er konnte die traurigen Lieder seiner geliebten kleinen Prinzessin nicht mehr hören. So schlief auch er die ganze Nacht nicht mehr ein.

Am nächsten Morgen war wieder ein großer Trubel im Königsschloss, denn der zweite Ritter war zurückgekehrt. Der König eilte in den Thronsaal. »Habt Ihr etwas für meine geliebte Prinzessin gefunden?«

Der Ritter verneigte sich. »Mein König, ich bin durch alle Bäche und Flüsse ostwärts geritten, durch jeden dunklen Wald und habe nach allem Ausschau gehalten, das der Prinzessin helfen könnte, doch leider musste ich mit leeren Händen zurückkehren. Es gab nichts zu finden, was Eurer Prinzessin helfen könnte.«

Der König wurde sehr wütend. Seine ganze Hoffnung hatte er in diese drei Ritter gelegt. Was sollte er nur seiner geliebten Prinzessin sagen? Doch noch war ein Ritter nicht nach Hause zurückgekehrt!

So legte sich der König am Abend nieder und vernahm wieder den Gesang seiner kleinen Prinzessin: »Zwei Ritter sind zurückkehrt, doch mein Schlaf blieb mir verwehrt. Doch einer ist noch unterwegs.« Als er dies hörte, wurde der König wieder ganz traurig und fand auch selbst keinen Schlaf.

Ein weiterer Morgen brach an, und aus der Ferne sah der letzte Ritter bereits das Schloss. Er war müde und hungrig von der langen Reise und wusste nicht, wie er dem König erklären sollte, dass er nichts gefunden hatte. Als er sich noch kurz stärkte, bevor er in die Stadt ritt, und vor den Mauern auf einer Steinbank saß, bemerkte er einen Hirtenjungen, der auf einer Klampfe spielte und sang. Die Melodien gefielen ihm. Der Ritter genoss die Ruhe, und als er sich umsah, merkte er, wie alle Tiere auf der Weide müde wurden und sich niederlegten. Erstaunt sprach er den Hirtenjungen an: »Junge, du spielst eine beruhigende Melodie, und die Tiere legen sich schlafen! Wie kommt dies?«

»Ja, Herr, ich spiele schon seit vielen Jahren, und dies ist das Schlaflied für meine Tiere. So schlafen diese jede Nacht tief und fest, damit sie für den nächsten Morgen ausgeruht sind!«

Der Ritter war sehr erfreut, sprang auf und klopfte dem Jungen auf die Schulter. »Junge, komm mit mir ins Schloss und versuche dies auch bei der Prinzessin, die schon seit sehr, sehr langer Zeit nicht mehr schlafen kann. Es soll auch nicht zu deinem Nachteil sein!«

So kam der Hirtenjunge ins Schloss, und als sie den Thronsaal betraten, sprach der König laut: »Mein Ritter, was hast du mir mitgebracht? Ich hoffe, du hast etwas gefunden, damit meine geliebte Prinzessin wieder schlafen kann!«

»Ja, mein König!« Der Ritter machte eine Verbeugung. »Ich habe etwas gefunden, doch ist es weder eine Medizin noch ein sonstiger Zaubertrank. Ich habe einen Jungen gefunden, der mit seiner Musik die Tiere schlafen legt!«

»Tiere?« Der König schüttelte missbilligend den Kopf. »Meine Prinzessin ist doch kein Tier! Aber da ich selbst verzweifelt bin, soll dieser Junge versuchen, meiner geliebten Prinzessin den Schlaf wiederzugeben. Schafft er dies, wird er dafür reichlich belohnt werden.«

Am gleichen Abend noch spielte der Hirtenjunge der kleinen Prinzessin seine Lieder vor. Selig schlief das Mädchen ein, und in dieser Nacht hörte der König nur mehr die tiefen Atemzüge seiner Tochter.

Überglücklich darüber überhäufte der König den Hirtenjungen mit so viel Gold, dass dieser gar nicht wusste, was er damit anstellen sollte. Er war seine Geldsorgen für das gesamte restliche Leben los und musste nur Nacht für Nacht dafür Sorge tragen, dass die Prinzessin einschlief.

So zog der einst so arme Hirtenjunge im Schloss ein und führte dort ein prächtiges Leben.

Einige Wochen später ging er wieder einmal durch die Gassen der Stadt. Dort war das Elend groß, denn die Menschen hatten nicht sehr viel.

Ein Bettler warf sich ihm zu Füßen. »Werter Herr, ich bitte um ein paar Taler, damit ich mir ein Mahl leisten kann!«

Der Hirtenjunge aber dachte nur: Nein, ich habe es mir auch hart verdienen müssen, darum gebe ich mein Gold nicht wieder her! Und so kam es, dass er dem Bettler keinen Taler gab.

Dies wiederholte sich mehrere Wochen. Der Bettler bat um ein paar Taler, der stolze Junge lehnte ab.

Nacht für Nacht sang er seine Lieder und spielte auf der Klampfe, doch mit einem Mal versagte ihm die Stimme. Er konnte nicht mehr singen!

So kam es, dass die Prinzessin nicht mehr schlafen konnte, und darum sang sie wieder ihr trauriges Lied: »Ich fand Schlaf, und der war fein, doch dem Hirtenjunge sein Gesang blieb aus. Jetzt liege ich wieder die ganze Nacht wach und singe nur immer, ach!«

Der König sprang aus seinem Bett und schüttelte den Jungen. »Was ist hier los? Warum singst du nicht, damit meine kleine Prinzessin schlafen kann?«

»Es tut mir leid, mein König, ich kann zwar sprechen, doch was immer ich auch versuche, wenn ich zu singen beginnen will, ist meine Stimme verschwunden!«

»Ich habe dich mit Gold überhäuft«, schimpfte der König zornig. »Ich gebe dir einen Tag Zeit, um deine Stimme wiederzubekommen, andernfalls lasse ich dich in den Kerker werfen!«

In dieser Nacht schlief niemand – nicht die Prinzessin, nicht der König und auch nicht der Hirtenjunge. Keiner von ihnen bekam ein Auge zu. Jeder hing seinen traurigen Gedanken nach, und der Hirtenjunge grübelte lange. Wo und wie hatte er seine Stimme verloren?

Tags darauf saß er auf den Stufen vor dem Stadtbrunnen. Dort traf er wieder auf den Bettler.

»Warum so traurig?«, fragte der.

»Das geht dich nichts an!«

»Hast du ein paar Taler für mich?«

Der Hirtenjunge hatte aber größere Sorgen. »Hier, Bettler, nimm all mein Gold und meine Taler, die ich bei mir habe, denn heute Nacht werde ich im Kerker schmoren. Dort kann ich mein Gold und meine Taler nicht mehr brauchen. Darum nimm sie, denn du kannst damit mehr anfangen als ich!«

Der Bettler nahm all das Gold und die Taler und ging seiner Wege.

Nun besaß der Hirtenjunge fast nichts mehr, denn aus Angst, im Schloss bestohlen zu werden, hatte er stets seinen ganzen Schatz bei sich getragen.

Als es Abend wurde, machte sich der Hirtenjunge schon darauf gefasst, in den Kerker geworfen zu werden. Er versuchte zu singen und zu seiner Verwunderung gelang ihm dies auch. So schlief die Prinzessin wieder die ganze Nacht.

Am nächsten Morgen schlenderte er durch die Gassen der Stadt und pfiff vor sich hin, als ihn ein edler Herr ansprach.

»Hier! Ich habe etwas für dich.«

Erstaunt nahm der Bauernjunge die kleine Schachtel dankend an und lief ins Schloss zurück. Dort öffnete er sie, doch darin befand sich nur ein Stück Papier, auf dem zu lesen war: »Die Stimme ist Gold wert!«

Als der Hirtenjunge diese Zeile las, wusste er, wer der edle Herr gewesen war: der Bettler, dem er all sein Gold und seine Taler gegeben hatte. Der Zettel fiel ihm aus der Hand, und als er sich danach bückte, entdeckte er auf der Rückseite weitere Zeilen: »Geh zum Amtmann, dort liegt etwas für dich.«

Es war die Besitzurkunde über ein großes, prächtiges Wirtshaus in dieser Stadt.

So bekam der Hirtenjunge sein Gold und seine Taler auf anderem Wege wieder zurück. Das Wirtshaus machte ihn zu einem reichen Mann, doch im Grunde war er nur froh, dass er wieder singen konnte. Bis heute weiß der Hirtenjunge aber immer noch nicht, wer der geheimnisvolle Herr war, der sich erst als Bettler ausgegeben hatte. Er war ihm einfach dankbar dafür, dass er ihm gezeigt hatte, dass alles Gold der Welt nichts bedeutet, wenn man keine Nacht schlafen kann.

Seither reitet er jeden Abend zum Schloss hinauf. Und wenn der Hirtenjunge nicht gestorben ist, dann singt er noch heute sein Schlaflied für die Prinzessin.

Das pochende Herz

Es war einmal ein junger Mann, der durch das Land wanderte. Außer den Kleidern, die er am Leib trug, und einen Beutel voller Gold besaß er nicht viel. Dieser Beutel sollte ihm das Leben erleichtern, und wenn er das rechte Fleckchen auf Erden gefunden hatte, sollte er es ihm ermöglichen, dort zu leben.

Der junge Mann zog schon eine ganze Weile durch das Land, und da er an diesem Tage sehr müde war, wartete er auf einen Pferdewagen, der ihn mitnehmen könnte. Er hatte Glück, denn tatsächlich kam ein Wagen vorbei, der ihn aufsitzen ließ.

Ein alter Mann hielt die Zügel in der Hand und fragte: »Wo soll es denn hingehen?«

Der junge Mann zuckte die Schultern. »Ich weiß es noch nicht so genau. Ich lasse mich tragen und schaue, wohin der Weg mich bringt. Ein bestimmtes Ziel habe ich nicht!«

So fuhr der junge Mann noch eine ganze Weile mit. Als sie kurz vor einem Wald waren, den der alte Mann durchqueren wollte, fing des jungen Mannes Herz auf einmal heftig zu pochen an. Es klopfte und klopfte so stark, wie es der junge Mann noch nie erlebt hatte. »Ich werde hier absteigen und eine Rast machen«, sagte er zu dem alten Mann, »denn ich fühle mich nicht wohl. Ich werde meinen Weg besser wieder allein fortsetzen, aber ich danke Euch.«

Der alte Mann war auf einmal erzürnt. »Dann geh halt deinen Weg, auch wenn gleich nach dem Wald die Stadt liegt. Mit dem Wagen würdest du sie schneller erreichen!«

Der junge Mann ließ sich aber nicht mehr davon abbringen, denn da sein Herz so stark pochte, wollte er eine Pause von dem Gepolter des Wagens. So stieg er noch vor dem Wald ab und machte Rast. Der Wagen rumpelte weiter. Eine Weile noch hörte der junge Mann den Alten schimpfen und verstand dies gar nicht, aber er machte sich mehr Sorgen um sein Herz. Plötzlich aber schlug es wieder ganz ruhig wie immer. So zog er nach kurzer Rast allein und zu Fuß weiter und war nach einem kleinen Marsch auch schon nahe den Stadttoren.

Es war eine Stadt mit sehr vielen Menschen. Ein Prediger hielt eine Ansprache, und viele Wagen fuhren durch die Gassen der Stadt. Am Platz vor dem Rathaus wurde ein großer Markt abgehalten. Vor dem Pranger, der die Menschen, die etwas Schlechtes im Sinne hatten, abschrecken sollte, hatte sich eine große Menschenmenge angesammelt, denn dort stand bereits jemand am Pranger.

Der junge Mann erkannte dieses Gesicht sofort. Ein Räuber war er also gewesen, verkleidet als alter Mann auf einem klapprigen Gefährt! Nun verstand er auch, warum der Alte so verärgert gewesen war. Bestehlen und ausrauben hätte er ihn wollen, doch das pochende Herz hatte ihn gewarnt.

Der junge Mann zog weiter, denn diese Stadt war nicht das richtige Fleckchen Erde, auf dem er sich niederlassen wollte.

Mehrere Tage später – er war schon viele Meilen gewandert – ritt ihm auf einem Feldweg ein Fürst entgegen. Er machte Platz, doch der Fürst hielt sein Pferd an und fragte: »Junger Mann, was verschlägt dich in meine Lande?«

»Ich ziehe durch dieses Land, um ein Fleckchen Erde zu finden, wo ich mich niederlassen kann, aber es soll mir auch gefallen, und bis jetzt habe ich es noch nicht gefunden.«

Der Fürst entdeckte den Beutel des jungen Mannes. »Was hast du denn in diesem schönen Beutel?«

»Den gab mir mein Vater, darin befindet sich Gold, welches mir helfen soll, dass es mir im Leben an nichts fehle und ich so meiner Wege gehen kann.«

Der Fürst hörte sich dies an und lud den jungen Mann in sein Schloss ein, um dort mit ihm zu speisen. Er dürfe sich auch eine Nacht ausruhen, damit er am nächsten Morgen gestärkt seinen Weg fortsetzen könne.

Der junge Mann willigte gerne ein, aber schon auf dem Weg zum Schloss begann sein Herz wie wild zu pochen und hörte auch nicht mehr auf. In den Schlossräumen pochte das Herz noch schneller, und als der junge Mann den Speisesaal betrat, dachte er, sein Herz würde jeden Moment aus seiner Brust springen, so wild klopfte es. Er dachte aber nur an seinen hungrigen Magen, denn der Tisch war reich gedeckt. So aß er sich satt.

»Du kannst dich dann in einem meiner Gemächer schlafen legen«, bot der Fürst nach dem Essen an. »Mein Diener wird dich dorthin bringen. Ich wünsche einen geruhsamen Schlaf.«

Der Diener wartete bereits, aber das Herz des jungen Mannes pochte so wild und stark, dass er nur noch das Schloss verlassen wollte.

Also rannte er wie von einer Biene gestochen ins Freie und atmete erst einmal tief durch. Als er einen erneuten Versuch wagte, ins Schloss zurückzukehren, pochte sein Herz wieder so stark wie zuvor, also beschloss er, noch diese Nacht weiterzuziehen.

Unterdessen hatte der Fürst von seinem Diener vom Verschwinden des jungen Mannes erfahren. Der Fürst war darob sehr erzürnt, hatte er doch den jungen Mann seines Goldes berauben wollen. Deswegen schickte er noch in derselben Nacht drei Reiter aus, um den jungen Mann zu suchen und ihm sein Gold abzunehmen.

Der junge Mann rastete in einer Taverne und wollte dort auch die Nacht verbringen, als ein Reiter die Wirtsstube betrat. Er hörte, wie der Reiter den Wirt nach einem jungen Mann mit einem sehr auffälligen Beutel am Gürtel befragte.

Der Wirt nickte. »Tatsächlich ist ein junger Mann mit einem sehr schönen Beutel da und hat auch einiges für Speise und Trank bezahlt. Er sitzt dort drüben!« Der Wirt deutete auf den Tisch, doch an ihm saß niemand mehr.

Der junge Mann war dem Reiter entwischt. Da dieser aber sehr müde war, betrank er sich lieber, als die Verfolgung aufzunehmen.

Der junge Mann stolperte durch die finstere Nacht und kam nach ein paar Stunden zu einer Hütte, in der noch Licht brannte. Er klopfte an die Türe. Als aber niemand antwortete, drückte er die Klinke nieder und legte sich in der warmen Hütte in ein Bett, um zu schlafen.

Am Morgen, als er erwachte, erschrak der junge Mann, denn auf der Bettkante saß eine alte Frau und tröpfelte ihm etwas auf die Stirn.

»Was geht hier vor sich?«, schrie er.

»Du hast dich in meinem Bette ausgeruht und warst stark unterkühlt. Deswegen habe dir ein paar Tropfen meiner Medizin auf die Stirn geträufelt, damit du wieder zu Kräften kommst.«

Der junge Mann bedankte sich artig und wollte sogleich wieder los, als sein Herz erneut wie wild zu pochen begann. Er zuckte zusammen.

»Du hast ein pochendes Herz, junger Mann«, erklärte die Frau. »Ein Herz, welches dir sagen kann, wo und wie du durchs Leben schreiten kannst. Höre darauf, und es wird dir den Weg bereiten.«

Der junge Mann verstand die Worte nicht ganz, aber aufmerksam lauschte er den Erklärungen der alten Frau. Er sei weder krank noch spiele sein Herz verrückt, es sei nur etwas Besonderes, das sein Leben beschütze.

»Höre auf dein Herz!«, gab sie ihm den Rat. »Beginnt es stark zu pochen, so blicke dich um, denn dann droht Gefahr.«

So zog der junge Mann weiter, und da sein Herz in der Hütte schon gepocht hatte und damit gar nicht mehr aufhören wollte, wusste er, dass hier etwas auf ihn lauerte. Er wählte daher nicht den normalen Weg, sondern nahm einen steilen, vereisten Pfad über einen Pass, denn er wollte die Richtung ändern und so dem Lauf des Schicksals entfliehen.

Er war schon ein ganzes Stück auf den Pass hinaufgewandert, als ihm ein Reiter entgegengaloppierte. Kurz bevor der Reiter ihn jedoch ergreifen konnte, duckte sich der junge Mann zu Boden, sodass der Reiter an ihm vorbeiritt und nicht mehr richtig anhalten konnte. Pferd und Reiter schlitterten auf dem vereisten Weg dahin, und an der Kante zu einer Schlucht warf das Pferd den Reiter ab, der daraufhin in die Tiefe fiel.

Der junge Mann war gerettet. Noch am gleichen Tag überquerte er den Pass und wollte seinen Augen nicht trauen. Er hatte die Hauptstadt des Königreichs gefunden, von der er bisher nur aus Geschichten gehört hatte.

Er trat durch eines der Stadttore, an dem ihn die Wachen ohne Fragen passieren ließen, und war erstaunt über die Größe und die Vielzahl an Standbildern und Gebäuden. So etwas hatte er zuvor noch niemals gesehen! Als er in der Stadtmitte ankam, spürte er, wie sein Herz laut und stark zu pochen begann. Er sah sich um und bemerkte noch einen Reiter, der ihm folgte und auch nach einem jungen Mann mit einem sehr auffälligen Beutel fragte.

Der junge Mann versteckte sich in einer Seitenstraße und stieg dort einfach in die erste Kutsche, die er sah, ein. Darin befand sich aber eine junge, hübsche Frau.

»Dies ist meine Kutsche!«, fuhr sie ihn ungnädig an.

»Bitte lasst mich nur kurz verweilen, ich gebe Euch ein Goldstück dafür!« Er reichte ihr eines aus seinem Beutel und erzählte ihr die ganze Geschichte.

Plötzlich wurde die Kutschentüre aufgerissen, und der Reiter stand mit finsterem Gesicht davor. »Ich suche einen Verbrecher, der meinen Herrn bestohlen hat!«

Die schöne, junge Frau blickte den Reiter an und wies auf den jungen Mann neben sich. »Ist das der Gesuchte?« Würde sie ihn jetzt verraten?

»Ja, und er hat meinen Herrn bestohlen!« Schon wollte der Reiter den jungen Mann aus der Kutsche zerren, doch die junge Frau hielt ihn zurück.

»Ich habe hier einen Goldtaler des jungen Mannes, und ich weiß, zu welchem Fürsten diese Taler gehören, Reiter! Dieses Gold hat eine Prägung, die mein Vater, der König, vor Jahren für einen Bauern aus einer weit entfernten Region anfertigen ließ. Dieser hatte damals meinem Vater, dem König, das Leben gerettet, und so kann all dieses Gold, niemals Eurem Herrn, dem Fürsten, gehören.«

Langsam stieg in dem jungen Mann die Erinnerung an seines Vaters Erzählung hoch. Der hatte vor Jahren in einem Wald den König aus den Klauen eines Bären befreit und der König hatte ihm als Belohnung die Goldtaler geschenkt.

Der junge Mann war sehr froh darüber, dass sich nun alles aufgeklärt hatte. Die hübsche Dame, die in Wirklichkeit eine Prinzessin war, verliebte sich in ihn und er sich in sie.

Wenig später wurde Hochzeit gefeiert. Der junge Mann liebte dieses Fleckchen Erde und zog zur Prinzessin ins Schloss, um für immer dort zu leben. Sein pochendes Herz hatte ihm den Weg zu seiner Prinzessin gezeigt! Und wenn sie nicht gestorben sind, dann leben sie noch heute.

Der Berggeist

*E*s war einmal ein König, der eines Tages sehr, sehr krank wurde. Doch kein Arzt im Königreich konnte ihm helfen. Seine Frau, die Königin, war schon sehr verzweifelt, denn der Zustand ihres Gemahls verschlechterte sich von Tag zu Tag. Es kam so weit, dass sich der König gar nicht mehr vom Bett erheben konnte. So ließ die Königin auch noch alle Wunderheiler im Reiche zum König bringen, aber keiner vermochte es, ihm zu helfen. Niemand glaubte mehr an die Heilung des Königs, und die Königin hatte bereits alle Hoffnung verloren.

»Mein lieber Mann«, sagte sie, »dies ist der letzte Wunderheiler im Reich. Wenn auch dieser dir nicht helfen kann, ist alle Hoffnung verloren.«

Der Wunderheiler sah sich den König genau an und sprach ein paar seltsame Worte: »Omnibus, premus, serkalus!«

Der König schreckte auf und schrie.

»Mein König, es ist so, wie ich es mir gedacht hatte«, erklärte der Wunderheiler. »Ihr habt eine äußerst seltene Krankheit, die mit normaler Medizin nicht geheilt werden kann. Doch ich habe von einem Berggeist gehört, der hoch oben auf dem Berg Solane leben soll. Keiner hat ihn je gesehen, und es gibt nur Legenden über ihn. Der Berggeist soll über die Macht verfügen, alle Wunden und Krankheiten heilen zu können.«

Der König verlor keine Zeit und schickte drei seiner engsten Vertrauten los, um den Berggeist zu finden.

Als die drei Männer am Fuße des Berges ankamen, erkannten sie, welche Aufgabe sie erwartete. Der Berg war der höchste und gefährlichste im ganzen

Königreich! Sie waren aber tapfere Recken, hatten keine Angst und stiegen auf den Berg.

Schritt für Schritt erklommen sie ihn und näherten sich der Spitze. Der Berg war unbarmherzig, denn je höher sie kletterten, desto kälter wurde es. Die Luft wurde dünner, und ihre Lungen atmeten schneller. Es war ein Kampf auf Leben und Tod, aber alle dachten nur an ihren sterbenden König. So kämpften sie sich weiter auf den Berg hinauf.

Sie brauchten Tage und schliefen in Gletscherspalten, um nicht im Sturm zu erfrieren, und dann hatten sie es endlich geschafft! Sie hatten den Gipfel erklommen!

Doch die Freude wich sogleich, denn sie fanden auf dem Gipfel nichts. Außer einer riesengroßen Nebelschwade und einem kleinen Sockel, auf dem sich nichts befand, war gar nichts zu sehen. Die Männer waren den Tränen nahe und wollten schon wieder umkehren, als einer von ihnen rief: »Berggeist! Berggeist! Wir sind hierhergekommen und haben den Berg erklommen, bitte zeig dich uns!«

Der zweite Mann winkte ab. »Das bringt doch nichts! Das alles war nur die Legende eines dummen, alten Mannes!«

Die Männer kehrten um und waren gerade dabei, den gefährlichen Rückweg anzutreten, als sie in der Nebelschwade eine Gestalt erkannten, die auf dem Sockel saß. Es war ein alter Mann, mit nicht mehr als einem weißen Tuch bekleidet und einem sehr langen weißen Bart, der bis zum Boden und noch weiter reichte.

»Berggeist?« Die Männer hielten den Atem an, doch sie erhielten keine Antwort.

Sie näherten sich der Gestalt auf dem Sockel und dann hörten sie eine Stimme.

»Berggeist! Ja, so hat man mich einst genannt, vor vielen, vielen Jahren, aber niemand kam mehr auf meinen Berg. Darum war ich ganz erstaunt, jemanden hier anzutreffen!«

Die Männer waren verwirrt, hatten sie sich den Berggeist doch völlig anders vorgestellt. Nun saß vor ihnen mitten im Schnee ein alter Mann, der nur ein weißes Tuch trug und einen sehr langen weißen Bart hatte, der bis zum Boden und noch weiter reichte.

»Unser König ist sehr krank«, begann einer der Männer. »Und wir hörten, Ihr könntet ihn heilen!«

Der Berggeist nickte. »Das stimmt, ich kann den König heilen!«

»Dann kommt doch bitte mit uns und helft unserem König.«

»Hm, hm«, machte der Berggeist. »Zuerst müsst ihr mir drei Fragen beantworten. Wenn alle richtig sind, dann werde ich euch etwas mitgeben, das dem König helfen wird!«

Die Männer waren einverstanden, und der Berggeist fragte: »Wer ist euer König?«

Die Männer sahen sich verdutzt an und tuschelten.

»Das wisst Ihr doch!«, meinte einer von ihnen. »König Ludwig der Einhundertzwanzigste, darum sind wir doch hier. Wir wollen des Königs Leben retten.«

»Das ist richtig«, entgegnete der Berggeist. »Aber nun beantwortet mir die zweite Frage. Welches ist die Lieblingsspeise des Königs?«

Die Männer tuschelten wieder eifrig untereinander und einer sprach: »Wild! Wildschwein, genau! Wildschein ist sein Lieblingsessen.«

»Auch das ist wieder richtig! Zwei Fragen habt ihr jetzt schon beantwortet, jetzt folgt nur mehr eine. Also, warum soll ich dem König helfen?«

Die Männer tuschelten wieder eifrig; langsam begannen sie zu frieren. Dann sagte der Erste: »Weil er unser König ist!«

Der Zweite rief gleich danach: »Und er hat es uns befohlen!«

Der Berggeist schüttelte den Kopf. »Nein, meine Freunde, diese Antwort ist leider nicht richtig. Ich kann euch nicht helfen!«

Die Männer ließen die Köpfe hängen und drehten sich um, als der Dritte plötzlich hinzufügte: »Und er ist nicht nur unser König, sondern auch Eurer, und er ist ein guter und barmherziger König, und alle im Reich wollen, dass er noch lange unser König bleibt, darum solltet Ihr ihm helfen!«

Der Berggeist nickte und erhob sich von seinem Sockel. »Stimmt, ihr spracht zuvor nur von eurem König und vergaßt, dass er auch mein König ist. Ich weiß, dass er gut und barmherzig zu den Menschen ist, doch wollte ich euch auf die Probe stellen, ob die Menschen auch einen so guten und barmherzigen König verdienen.« Der Berggeist verschwand im Nebel und kam kurz darauf mit einem

Fläschchen in der Hand zurück. »Nehmt dem König diese Medizin mit. Sie wird ihn binnen einer Woche von allen Krankheiten heilen. Ich wünsche euch alles Gute!«

Die drei Männer nahmen die Arznei dankend an und verabschiedeten sich vom Berggeist. Mühsam schafften sie den beschwerlichen Abstieg und kehrten zum König zurück.

Es kam so, wie es der Berggeist vorhergesagt hatte: Der König wurde wieder gesund. Alle im Königreich waren froh, und es gab ein großes Fest zu Ehren des Berggeistes und der drei Männer, die dem König das Leben gerettet hatten. Alle Leute im Königreich waren glücklich. Und wenn er in seinem dünnen Gewand nicht erfroren ist, sieht man den Berggeist noch heute oben auf dem Berg Solane sitzen, auch wenn niemand mehr weiß, wo sich dieser Berg befindet.

Der Fürst und die Finsternis

Es war einmal ein Fürst, der in einem weit entfernten Königreich lebte. Er war glücklich und zufrieden und genoss mit seiner Gemahlin das schöne Leben. Zusammen hatten sie einen Sohn, der erst wenige Monate alt war. Dieses Kind war ihr ganzer Stolz. Zur Geburt wurde ein großes Fest gefeiert, und der Fürst und seine Frau waren die glücklichsten Menschen auf der Welt.

Doch der König hatte ein großes Problem. Nacht für Nacht konnte er nicht wirklich einschlafen, denn er hatte große Angst vor der Finsternis. Die Lichter in den Gemächern erzeugten Schatten, vor denen sich der Fürst am meisten fürchtete, und außerdem glaubte er, dass die Finsternis ein Lebewesen wäre.

Seine Frau machte sich große Sorgen um ihren Gemahl, denn er zog sich immer mehr zurück. Bis er sich des Nachts gar nicht mehr niederlegte, sondern im Sitzen mit angezogenen Füßen zu schlafen versuchte. Um das Bett herum ließ er Kerzen aufstellen, damit ja kein einziger Schatten in seiner Nähe war. Doch dies half ihm nicht, seine Angst zu besiegen. Seine Frau konnte das nicht mehr mit ansehen und lud deswegen einige Vertraute zu sich. Diese beratschlagten, wie man dem Fürsten am besten helfen könne, und waren sich am Ende einig: Der Fürst muss sich seiner Angst stellen.

Am selben Abend sprach seine Frau zum Fürsten: »Mein lieber Mann, ich habe heute einige Berater ins Schloss kommen lassen und alle sind sich einig: Du musst dich deiner Angst stellen!«

Der Fürst blickte kurz zu Boden. »Wie stellst du dir das vor? Soll ich in der Nacht alle Kerzen löschen lassen, damit uns die Finsternis holen kann?«

»Ja, Lieber, und niemand wird uns holen, denn dies ist nur deine Angst. Die Finsternis ist nicht unser Feind.«

Der Fürst war unsicher, doch er lenkte ein, und so kam es, dass noch in der gleichen Nacht alle Lichter im Schloss gelöscht wurden. Der Fürst zitterte jedoch die ganze Nacht, aber er war froh, dass seine Frau und sein Kind einen ruhigen Schlaf fanden.

Am nächsten Morgen, als er erwachte, hörte er die Fürstin schreien: »Neinnnnnn!« Er schreckte hoch und sah das Unheil: Sein geliebtes Kind war verschwunden. Dies konnte nur die Finsternis getan haben! Er war verzweifelt und wusste nicht, was er tun sollte, um sein Kind wiederzubekommen.

Seine Frau aber glaubte nicht an die Finsternis und war von einem Kindesraub überzeugt.

In der ersten Nacht nach dem Verschwinden des Kindes sprach der Fürst zur Finsternis: »Du hast mein Kind geraubt! Gib es mir wieder. Was willst du nur von meinem Kind?« Doch der Fürst bekam keine Antwort.

In der zweiten Nacht fragte der Fürst abermals die Finsternis: »Warum hast du mein Kind geholt? Sag mir, was willst du von ihm?«

Da vernahm der Fürst eine Windböe und ein leises Säuseln: »Finsternis in der Nacht hat Unheil über dich gebracht! Gefunden in der Finsternis, auf ewig unser ist! Der neue Fürst der Finsternis!«

Der Fürst konnte nicht glauben, was er hörte. Sein Kind, der neue Fürst der Finsternis? Dies musste eine Einbildung sein. Der Fürst erzählte seiner Frau nichts von diesem nächtlichen Vorfall, damit sie sich nicht noch mehr Sorgen machte, zerbrach sich aber den Rest der Nacht den Kopf darüber.

Am nächsten Morgen hatte er einen Plan. Er rief alle Berater zusammen. »Mein kleiner Sohn ist verschwunden, und ich weiß, dass die Finsternis ihn geholt hat, auch wenn mir keiner Glauben schenkt. Doch heute Nacht werde ich es euch beweisen. Ruft alle Soldaten im Schloss zusammen, sie erhalten für diese Nacht einen Befehl.«

Die Berater waren verwirrt, doch sie taten, was ihr Fürst ihnen aufgetragen hatte.

Als es Nacht wurde, fanden sich alle Soldaten auf dem Vorplatz des Schlosses ein.

»Die Finsternis hat mir mein Kind geraubt«, erklärte der Fürst, »doch heute werden wir es zurückholen!« Die Soldaten schauten sich verwirrt an. »Holt alle Kerzen, die wir haben, und stellt so viele davon auf, dass sich kein einziger Schatten mehr des Nachts im Schloss verstecken kann. Wir werden der Finsternis Einhalt gebieten!«

Obwohl die Soldaten davon überzeugt waren, dass ihr Fürst verrückt war, taten sie, was ihnen befohlen wurde. Sie stellten Tausende von Kerzen auf, so viele, dass im ganzen Schloss kein einziger Schatten mehr zu sehen war. Dieses Lichterspiel übertraf alles, was man bisher gesehen hatte. Das ganze Schloss war ein einziger Lichterball, der bis in die Straßen der Stadt hinein leuchtete. So gingen der Fürst und seine Frau zu Bett.

Als sie am nächsten Morgen erwachten, hörten sie das Geschrei ihres Kindes und waren überglücklich. Der Fürst hatte sich seiner Angst gestellt und mit der Finsternis gesprochen, doch sich dabei auf den Rat anderer zu verlassen, war für ihn der falsche Weg gewesen. Er hätte gleich etwas dagegen unternehmen können, hätte er nur auf sein Gefühl gehört.

Der Fürst beschloss daraufhin, dass einmal im Jahr das »Fest der Tausend Lichter« gefeiert werden sollte, und er selbst hatte nie wieder Angst vor der Finsternis. Und wenn sie nicht gestorben sind, dann feiern sie noch heute.

Der grüne Stein

Es war einmal ein Junge mit zwei Schwestern, die alle bei ihrem Vater auf dem Hofe aufwuchsen. Jeden Tag half er dem Vater, das Feld zu bestellen, doch jedes Jahr wurde die Ernte weniger, und der Vater war schon der Verzweiflung nahe. Er wusste einfach nicht mehr, wie er seine Familie noch durch den nächsten Winter bringen sollte. Aber all das Jammern half nichts, und so arbeiteten sie weiter auf dem Feld, in der Hoffnung, dass die Ernte in diesem Jahr wieder besser würde.

Der Vater sprach zu seiner Frau: »Hm, hm. Es sieht nicht gut aus. Wenn wir heuer keine größere Ernte einfahren als im letzten Sommer, dann können wir den Winter nicht überleben.«

Der Junge hörte die Worte seines Vaters und wurde so traurig, dass er auf das Feld rannte und gen Himmel schrie: »Gott, bitte hilf uns! Wir arbeiten hart, doch die Ernte reicht nicht mehr, bitte hilf uns!«

Aber der Junge erhielt keine Antwort. Eine ganze Weile saß er noch weinend auf dem kargen Gras, als er plötzlich vor sich auf dem Boden etwas hellgrün leuchten sah. Er grub dieses seltsame Ding aus und merkte, dass es ein Stein war. Er hatte einen grün leuchtenden Stein gefunden! So etwas hatte er zuvor noch nie gesehen. Freudig nahm er den Stein mit nach Hause.

Zuhause angekommen, legte er sich sofort schlafen und legte den Stein neben sein Bett. In der Nacht hörte er auf einmal eine Stimme: »Du da! Du da! Du da! Du hast mich gefunden, so komm und sprich zu mir, und ich werde dir helfen!«

Der Junge, noch im Halbschlaf, verstand nicht, und so drehte er sich wieder um und schlief weiter.

In der nächsten Nacht hörte er wieder dieses Stimmchen: »Du da! Du da! Du da! Du hast mich gefunden, so komm und sprich zu mir, und ich werde dir helfen!«

Verwundert blickte sich der Junge um und merkte, dass der grün leuchtende Stein zu ihm gesprochen hatte. Ein Stein, der sprechen kann?, dachte er. So etwas gibt es doch nicht, hier will mir sicher einer einen Streich spielen! Und so legte er sich wieder schlafen und zog die Decke über den Kopf. Doch der Stein sprach weiter zu ihm.

Der Junge nahm den Stein in die Hand. »Was willst du denn von mir? Wenn ich schon mit dir sprechen soll, wie willst du mir denn eigentlich helfen? Schau, wir haben fast keine Milch mehr, also sage mir bitte, wie du mir helfen willst, damit wir wieder mehr davon haben! Siehst du? Also, lass mich bitte in Ruhe!«

Am nächsten Morgen stand sein Vater ganz aufgeregt in der Stube. »Weißt du, was passiert ist? Unsere Kühe haben uns so viel Milch wie noch nie zuvor gegeben! Das muss ein Wunder sein!« Der Vater war sehr glücklich, und der Junge wusste sofort: Das war das Werk des grün leuchtenden Steines.

Noch in der gleichen Nacht fragte der Junge den Stein: »Wie hast du das nur gemacht? Ist ja nicht so wichtig, aber ich werde meinen Vater morgen gleich von dir erzählen, denn wenn du uns wirklich helfen kannst, dann weiß mein Vater sicher am besten, was wir brauchen.«

Am nächsten Morgen erzählte der Junge dem Vater, was er gefunden hatte und wer ihnen bei der Milch half.

Doch der Vater glaubte dem Jungen kein Wort, besah sich aber den Fund ganz genau. »Dies ist also der Stein! Wunderbar, er sieht teuer aus! Doch Zauberkräfte besitzt er sicher nicht, also werde ich damit gleich morgen in die Stadt ziehen und ihn verkaufen, damit kommen wir durch den Winter! Ich danke dir, mein Junge, dass du mir den Stein gezeigt hast!«

In der Nacht hörte der Junge wieder die Stimme des Steines: »Verkaufen! Verkaufen! Verkaufen! So kann ich nicht helfen! Schlecht wird es sein!«

Der Junge vernahm die Botschaft des Steines, doch er schlief weiter.

Kurz bevor der Vater in die Stadt aufbrechen wollte, hielt der Junge ihn zurück. »Vater, ich glaube, wir sollten den Stein behalten, er bringt uns Glück!«

»Auf Glück kann ich mich nicht verlassen, aber auf Taler schon!«, brummte der Vater. Und so wanderte er in die Stadt und verkaufte dort den Stein für einige Taler. Fast alle davon gab er sofort wieder für Güter aus, um dafür zu sorgen, dass sie durch den Winter kamen.

In den nächsten Wochen stand die Ernte bevor. Doch alles, was sie ernteten, war bereits verfault, und die Ernte fiel noch kärglicher aus als im vergangenen Jahr.

Der Vater war der Verzweiflung nahe. »Wir werden diesen Winter nicht überstehen! Auch wenn ich durch den Verkauf des grün leuchtenden Steines einiges kaufen konnte, wird uns dies alles nicht durch die Kälte bringen.«

Der Vater war traurig und ein gebrochener Mann. Der Wintereinbruch kam, und die Familie musste hungern. Jeder bekam nur eine Mahlzeit pro Tag, und alle hofften, dass es am Ende doch irgendwie für alle reichen könnte.

Aber die Nahrungsmittel wurden immer weniger, und der Vater ging in dieser schweren Zeit von seiner Familie. Er hatte den Ernteausfall nicht überwunden. Die restliche Familie überlebte den Winter knapp, und auch wenn sie traurig waren, dass Vater nicht mehr im Hause war, waren sie doch froh, die kalte Jahreszeit überlebt zu haben.

Die Mutter trug ihrem Sohne auf, in die Stadt zu fahren und dort mit den verbliebenen Talern Vorräte zu kaufen, um Vorkehrungen für den nächsten Winter zu treffen.

Nach zwei Tagen kehrte er zum Hofe zurück. Als seine Mutter aber den leeren Wagen erblickte, den noch dazu der Junge selbst zog, war sie entsetzt. »Wo sind denn unsere Vorräte, und warum zieht nicht der Esel den Wagen?«

»Mutter, ich muss dir etwas gestehen«, begann der Junge und kämpfte mit den Tränen. »Ich habe keine Vorräte gekauft, sondern mit den letzten Talern und dem Verkauf des Esels den Stein zurückgeholt!«

Die Mutter war außer sich. »Du hast dafür gesorgt, dass wir den nächsten Winter nicht überleben werden! Was sollen wir denn nur essen? Vielleicht gar diesen grün leuchtenden Stein?«

»Mutter, vertraue mir!« Danach legte er sich mit dem Stein schlafen.

In der Nacht hörte er die Stimme des grün leuchtenden Steines: »Du hast es verstanden, und so will ich handeln. Sprich zu mir, und es gehört dir!«

»Alles, was ich brauche, ist, dass die Ernte uns jedes Jahr durch den Winter bringt!«, flüsterte der Junge.

Plötzlich hörte der grüne Stein zu leuchten auf.

Habe ich etwas Falsches gesagt?, grübelte der Junge.

Der Stein blieb stumm und war am nächsten Morgen in kleine Teile zerfallen. Der Junge weinte, denn er meinte, seine ganze Familie durch den Kauf des Steines dem Untergang geweiht zu haben.

Doch er irrte. Die Ernte war die beste, die es jemals zuvor auf dem Hofe gegeben hatte, und sie wurde jedes Jahr reichlicher.

Der Junge dachte noch oft an den grün leuchtenden Stein. Bis heute weiß er aber nicht, ob er ein Geschenk Gottes war oder er sich die Gespräche mit dem Stein nur eingebildet hatte. Eines jedoch war gewiss: Der Junge glaubte an etwas, denn der Vater hatte einmal gesagt: »Der Glaube versetzt Berge!« Und so dachte er vor jeder Saat an den Vater und an den grün leuchtenden Stein, damit auch die Ernte wieder gut ausfallen würde. Und wenn er nicht gestorben ist, sieht man ihn auch heute noch vor jeder Saat beten.

Die Vogelscheuche

Es war einmal eine Vogelscheuche, die bei einem älteren Bauern auf dem Feld stand. Tagein, tagaus war es ihre Pflicht, die Vögel vom Maisfeld fernzuhalten. Dies tat die Vogelscheuche mit Leidenschaft. Was aber keiner wusste, selbst der Bauer nicht, war, dass die Vogelscheuche lebte. Und da sie ja sonst nicht viel zu tun hatte, sang sie jeden Abend um Mitternacht ein kleines Lied: »Ich bin eine Vogelscheuche und verjag die Vögelein, damit das Felde bleibt so rein und der Mais dann kann gedeihn!«

Eines Tages kamen die Bauersleute auf das Feld. »Sieh dir diese hässliche Vogelscheuche an«, sagte der Bauer zu seiner Frau. »Sie hat gute Dienste geleistet, doch ich werde sie ersetzen müssen, da sie von den Vögeln schon ganz zerpickt und zerfranst ist. Ich werde morgen gleich in die Stadt gehen und eine neue Vogelscheuche kaufen, die wird unseren Hof wieder aufwerten.«

Die Bauersfrau war der gleichen Meinung, nur die Vogelscheuche war sehr traurig. Sie dachte nach, was sie tun sollte. Wo sollte sie denn hin? Alles, was sie konnte, war, die Vögel zu verscheuchen. So stieg die Vogelscheuche von ihrem Platz herunter und zog mitten in der Nacht in die Welt hinaus.

Sie kam zu einem Wald, in dem es stockfinster war und sie kaum etwas sehen konnte. Die Vogelscheuche bekam es mit der Angst zu tun, kannte sie doch nur ihr Maisfeld. In diesen Augenblicken wünschte sie sich nichts mehr als dorthin zurückzukehren, doch dann fiel ihr wieder ein, dass der Bauer sie ja gar nicht mehr haben wollte. So zog sie einfach weiter.

Als es Morgen wurde, hatte sie den Wald durchquert, doch sie hatte die Orientierung verloren und wusste nicht mehr, wo sie war. So spazierte sie einfach weiter und kam an Dörfern und Städten vorbei. Doch überall wurde die Vogelscheuche von allen Menschen vertrieben, denn keiner hatte zuvor eine lebende Vogelscheuche gesehen! Jeder bekam Angst, wenn er die Vogelscheuche sah.

Nach ein paar Tagen sah sie einen Bauernhof und wollte schon daran vorbeigehen, da sie ja keine guten Erfahrungen mit Menschen gemacht hatte, da hörte sie jemanden rufen: »Vogelscheuche, Vogelscheuche! Wohin des Weges?«

Die Vogelscheuche hielt inne und erblickte eine junge Bäuerin. »Ich weiß nicht, wohin ich soll, aber ich gehe meiner Wege, denn mich will keiner haben, und die meisten haben auch Angst vor mir!«

Die junge Bäuerin lachte. »Ich habe keine Angst vor dir! Ich suche gerade eine Vogelscheuche und würde mich freuen, wenn du bei mir am Hofe bliebest und die Stelle als Vogelscheuche antreten könntest.«

Die Vogelscheuche war überglücklich, dass sie endlich wieder einen Platz gefunden hatte, wo sie willkommen war.

Zur gleichen Zeit hatte sich der ältere Bauer auf den Weg in die Stadt gemacht, um eine neue Vogelscheuche zu kaufen. Diese fand er auch schnell und brachte sie auf seinen Hof. Dort angekommen, stellte er diese sofort auf das Feld.

Am nächsten Morgen musste der Bauer aber feststellen, dass sehr viele Vögel auf seinem Feld waren und seinen Mais zerpickten.

»Warum kaufe ich eine neue Vogelscheuche, wenn sie mir nicht hilft, meinen Mais zu beschützen!«, meinte er schimpfend zu seiner Frau. »Dass sie gut aussieht, davon kann ich mir nichts kaufen.«

Nach mehreren Tagen war das halbe Maisfeld zerpickt und der ältere Bauer sehr verzweifelt. Kopfschüttelnd wandte er sich wieder an seine Frau. »Ich war erstaunt, als unsere alte Vogelscheuche damals plötzlich nicht mehr da war, aber ich wusste irgendwie immer, dass diese Vogelscheuche anders war. Jeden Abend hörte ich ein Lied und hatte immer dieses Gefühl, dass dies von der Vogelscheuche kam. Sie sah alt und schäbig aus, aber unser Maisfeld hat sie immer beschützt. Ich werde mich gleich morgen auf den Weg machen und unsere alte Vogelscheuche suchen. Wir brauchen sie dringend zurück, damit unser restliches Maisfeld noch gerettet werden kann.« So zog der ältere Bauer los, um die Vogelscheuche zu suchen.

Weit entfernt hatte aber die Vogelscheuche auf dem neuen Hof so viel Spaß mit der jungen Bäuerin, dass sie gar keinen Gedanken mehr an früher verschwendete. Sie genoss ihr neues Leben auf diesem Hof, wo sie Anerkennung fand und nicht mehr den ganze Tage allein war, denn die junge Bäuerin kam jeden Morgen, jeden Mittag und jeden Abend bei der Vogelscheuche auf dem Feld vorbei.

Der ältere Bauer war jetzt schon einige Tage unterwegs und fragte alle Menschen, die er traf, ob sie seine Vogelscheuche gesehen hätten, doch niemand konnte ihm helfen. So kam es, dass er sich in einer stockfinsteren Nacht verlief und gar nicht mehr wusste, wo er war, als er plötzlich eine Stimme vernahm: »Ich bin eine Vogelscheuche und verjag die Vögelein, damit das Felde bleibt so rein und der Mais dann kann gedeihn!« Er kannte das Lied und wusste, dass er seine Vogelscheuche wiedergefunden hatte. Schnurstracks ging er zum Felde und nahm die Vogelscheuche einfach mit.

Die Vogelscheuche aber wehrte sich. »Lass mich runter, ich will hierbleiben, denn hier nimmt man mich, so wie ich bin, und ich habe auch noch Freude.«

Dem älteren Bauern war das aber egal. Er dachte nur noch an sein Maisfeld und dass diese Vogelscheuche seine einzige Rettung war. So schleifte er sie Tage und Nächte mit, und sie brauchten ziemlich lange bis nach Hause, denn der Bauer kannte den Weg nicht.

Endlich zuhause angekommen, band er die Vogelscheuche auf ihren Platz am Feld fest, damit sie nicht mehr flüchten konnte.

Die junge Bäuerin hatte währenddessen das Verschwinden der Vogelscheuche bemerkt und war schon auf der Suche nach ihr.

Plötzlich stand die junge Bäuerin auf dem Feld und sah gerade, wie der ältere Bauer die Vogelscheuche noch tiefer in die Erde steckte. Als der ältere Bauer zum Hof zurückging, huschte sie zu der Vogelscheuche hin und befreite sie.

»War ich nicht schlau?«, fragte die Vogelscheuche und blickte in den kleinen Korb der jungen Bäuerin, in dem sich viele Maiskörner befanden. Sie war so glücklich, dass ihre neue Besitzerin nach ihr gesucht hatte!

»Mit jedem Maiskorn, welches du einzeln hast fallen lassen, konnte ich deine Spur verfolgen«, sagte die junge Bäuerin lachend. »So fand ich den Weg zu dir.«

Der ältere Bauer bemerkte am nächsten Morgen sogleich das Verschwinden der Vogelscheuche und war sehr wütend darüber. Sofort machte er sich wieder auf die Suche, doch egal, wohin er ging, er fand den Weg nicht mehr.

Die Vogelscheuche lebte den Rest ihres Lebens auf dem Bauernhof der mittlerweile schon etwas älteren Bäuerin und war sehr zufrieden, dass sie damals auf dem Heimweg wieder alle verstreuten Maiskörner in den Korb getan hatten, damit der alte Bauer sie nicht mehr finden konnte. Sie war glücklich für alle Zeiten, und wenn die Vogelscheuche nicht zerpickt worden ist, dann beschützt sie das Maisfeld noch heute und singt ihr Lied.

Der Prinz und das Labyrinth

Es war einmal in einem Königreich, dort lebte ein edler König, der sein Reich sehr weise regierte. Sein Bruder war ihm deswegen stets neidisch, denn der König war überall sehr beliebt. Eines Tages aber ging es dem König sehr schlecht und er bekam eine ansteckende Krankheit. Damit seinem Sohn, dem Thronfolger, nichts passierte, schickte er ihn für eine Weile in ein anderes Königreich. Er sollte dann nach dem Tode des Vaters zurückkehren und die Thronfolge antreten.

Nach mehreren Monaten verstarb der König, aber nicht nur er. Wegen der ansteckenden Krankheit mussten auch die Königin und des Königs Gefolge den Weg in den Himmel antreten. Das Volk war sehr traurig, und der Bruder des Königs sah sein Glück nahen. Er sandte einige Ritter aus, um den Thronfolger daran zu hindern, in das Reich seines Vaters zurückzukehren. Dem Volk ließ er mitteilen, dass auch der Thronfolger gestorben und er selbst nun der rechtmäßige König sei.

Der Prinz erfuhr jedoch im fernen Land von diesem Verrat und machte sich aus dem Staub, bevor die Ritter seines Oheims eintrafen. Jahre vergingen, und niemand hatte vom Prinzen etwas gehört oder gesehen. Der Bruder des Königs regierte währenddessen mit eiserner Hand das Land, und das Volk war verzweifelt. Niemand aber hatte den Mut, etwas gegen den neuen König zu unternehmen.

Weitere Jahre vergingen, und eines Tages kam ein schöner junger Mann an des Königs Schloss und forderte Einlass: »Lasst mich ein, ich bin der rechtmäßige König!«

Einige Schlossbewohner erkannten in dem jungen Mann den rechtmäßigen Thronfolger, da er das Zeichen, das jedem Jüngling der königlichen Familie am Tage seiner Geburt eingebrannt wurde, am Unterarm trug.

»Dieses Zeichen kann sich doch jeder anfertigen lassen!«, wiegelte der König ab. »Es gibt aber eine Prüfung im Labyrinth, die alle Königsmitglieder mit Leichtigkeit bestehen sollten, denn sie kennen diese von klein auf.«

Dieses Labyrinth bestand seit Generationen, und alle Könige kannten es auswendig. Auch dieser Junge sollte mühelos vom Anfang bis zum Ende des Labyrinths gehen können. Würde er diese Prüfung innerhalb eines Tages bestehen, dann wäre er der rechtmäßige Thronfolger.

Das schaffe ich doch mit Leichtigkeit!, dachte der Jüngling, denn er kannte das Labyrinth seit Kindestagen, hatte er doch früher dort jeden Tag gespielt.

Am nächsten Morgen machte er sich auf den Weg durch das Labyrinth. Es war riesengroß, doch wenn man den Weg kannte, hatte man es in ein paar Stunden durchwandert und kam am Ausgang an. Dort wartete der König mit vielen Untertanen gespannt darauf, was passierte.

Die Stunden vergingen. Von dem Jüngling sah und hörte man nichts.

Der Thronfolger selbst war verzweifelt, denn dort, wo einst der Ausgang war, wuchs jetzt eine hohe Hecke. Er probierte viele andere Wege, fand aber den Ausgang nicht. Aus lauter Verzweiflung setzte er sich in die Ecke einer Sackgasse und starrte auf den Boden.

Er wollte schon aufgeben, als ihn ein kleines Männlein ansprach. »Warum so verzweifelt?«

Der junge Mann seufzte tief. »Ich bin der rechtmäßige Thronfolger, aber der neue König hat verlangt, ich müsse zuvor beweisen, dass ich wirklich der Prinz bin. So soll ich dieses Labyrinth durchqueren, aber obwohl ich den Weg seit meiner Kindheit in- und auswendig kenne, gibt es hier keinen Ausgang mehr!«

»Ich weiß, dass Ihr der Prinz seid, und ich will Euch helfen. Der König hat das Labyrinth verändern lassen. Es gibt keinen Ausgang. Er wusste, dass Ihr eines Tages kommen würdet und den Thron für Euch beanspruchen wollt. Ich kann Euch einen Weg zeigen, aber dafür möchte ich eine Gegenleistung.«

Der Prinz versprach dem Männlein, dass es drei Wünsche frei hätte, wenn er auf dem Throne säße. Sofern es dann in seiner Macht stünde, würde er ihm diese erfüllen.

Das Männlein holte eine riesengroße Schere heraus und stutzte eine Hecke, durch die der Jüngling dem Labyrinth entkommen konnte.

Als der König den jungen Mann sah, konnte er seinen Augen nicht trauen. »Dies ist unmöglich! Wie konntest du aus dem Labyrinth kommen? Ich habe es selbst verschließen und Hecken pflanzen lassen, sodass es keinen Ausweg gab. Du musst mit dem Teufel im Bunde stehen!«

Die Untertanen hörten die Worte des Königs und waren wütend, denn jetzt wussten sie genau, dass dies der verschollene Prinz sein musste und der König ihn im Labyrinth verhungern lassen wollte. So verbannten sie den König aus dem Reich, und der Prinz wurde zum rechtmäßigen König ernannt.

Viele Jahre zogen ins Land, und der neue König herrschte gut über sein Reich. Die Untertanen mochten ihn, denn er war wie sein Vater ein edler König. Auch hatte der König währenddessen eine Königin gefunden, die wunderschön war und auch von allen geliebt wurde.

Eines Abends, als der König gerade zu Bette gehen wollte, hörte er kleine Schritte im Raum. »Wer ist da?« Zu seinem Entsetzten erhielt er eine Antwort.

»Ich bin es, mein König, das Männlein, das Euch im Labyrinth geholfen hat! Ich fordere meinen ersten Wunsch ein!«

Obwohl der König das Männlein schon ganz vergessen hatte, hielt er Wort und gab ihm die geforderte Schatztruhe voller Gold.

Viele Jahre hörte der König von dem Männlein nichts mehr.

Als es eines Tages wieder vor dem Schlafengehen in seinem Raum stand, sprach es: »Mein zweiter Wunsch ist eine noch größere Schatztruhe, mit noch mehr Gold!«

Der König hielt wieder Wort und gab dem Männlein eine noch größere Schatztruhe mit noch mehr Gold.

Es vergingen erneut Jahre, und der König hatte das Männlein schon längst wieder vergessen, als es eines Abends wieder in seinen Gemächern stand. »Mein König, ich habe genug Gold für alle Zeit, jetzt will ich meinen letzten Wunsch erfüllt bekommen. Ich wünsche mir die Königin!«

Der König konnte nicht glauben, was das Männlein sprach. »Du kannst die Königin nicht haben, sie gehört an meine Seite. Wünsch dir etwas anderes, und ich will es dir gewähren, aber die Königin bekommst du nicht!«

»Ich warte morgen um Punkt zwölf Uhr am Waldrand«, erklärte das Männlein. »Bringt mir die Königin dorthin, denn tut Ihr dies nicht, werde ich Euch alles nehmen, was Ihr besitzt!«

Der König wusste, dass das Männlein die Kraft dazu besaß, hatte er doch damals selbst gesehen, wie es aus dem Nichts eine riesengroße Schere hervorgeholt hatte. Es musste also über Zauberkräfte verfügen! Doch der König hatte einen Plan. Er holte den besten Puppenmacher der Stadt und wollte mit ihm zusammen das Männlein überlisten.

Am nächsten Tage wartete der König am Waldrand auf das Männlein.

Um Punkt zwölf Uhr erschien es. »König, habt Ihr mir meinen Wunsch mitgebracht?«

»Ja, schweren Herzens habe ich die Königin für dich mitgebracht. Sie steht dort drüben.« Der König deutete auf einen kleinen Hügel.

Das Männlein freute sich. »Gut so, mein König!« Es ging der Königin entgegen. Am Hügel angekommen, wollte es gerade die Hand der Königin nehmen, als es merkte, dass dies nur eine Puppe war, und im selben Moment brach mit einem lautem Knall der Boden unter ihm zusammen. Der König hatte eine riesengroße Grube graben lassen und drauf eine Puppe als Abbild der Königin gestellt.

Nun war das Männlein in der Grube gefangen.

Der König schritt zu ihm und schaute es lange an. »Du hast mir einst geholfen, König zu werden«, sagte er. »Aber die Königin kann ich dir dennoch nicht geben, denn ich liebe sie zu sehr. Ich biete dir einen Platz an meinem Hofe an, damit es dir immer gut ergehe.«

Das Männlein war damit zufrieden, krabbelte aus der Grube heraus und stapfte mit dem König und dessen Gefolge zurück auf das Schloss.

Der König und seine Königin lebten glücklich, das Männlein auch, und die Königin gebar noch zwei wundervolle Kinder. Und wenn sie nicht gestorben sind, dann leben sie noch heute.